新潮文庫

ノ エ ル

—a story of stories—

道尾秀介著

新潮社版

10187

目次

カット　Ｍｏｇ

ノエル

—a story of stories—

金色の天使と銀色の天使、そしてサンタさんは、トナカイの引くソリにのって夕暮れの町をとんでいました。つぎのクリスマスがやってくるまで、こうしてときおり町を回っては、世の中がどんなようすかを見てまわるのです。

「……おや？」

そりを引いていたトナカイが、不思議そうに目をこらしました。

「どうしたトナカイや」

「女の子がいます」

「うん？」

「あそこに女の子がいます。空をとんでます」

「あなたがた、サンタクロースのご一行ね」

空中をホバリングしながら、王女さまはゆうがにおじぎをしました。

「わたし、本ものを見るのははじめて」

むかしなくした片方のはねが、ついさいきんになってようやく見つかったものですから、王女さまはうれしくて、うれしくて、こうやって毎日のように空を飛びまわっているのです。

「あんた、どっから来たね」

「あそこよ」

王女さまは白くてほそいゆびで、はるか下の地めんをさしました。道のはしっこに、ヒトデみたいなかたちをした青白い生きものたちが何十ぴきもあつまって、こちらを見上げています。

「ところで、ねえあなた」

王女さまはトナカイにききました。

「頭に何をのっけていらっしゃるの？」

トナカイはより目になって、じぶんの頭を見上げました。


見つかったからにはしかたがないと、トナカイにただ乗りしていたかぶと虫は、ぶん、と羽音をさせて飛びたちました。――が。

「ぶつかるわ！」

王女さまが声を上げました。かぶと虫が飛んだその先に、ちょうど一羽のインコが飛んできたのです。

間一髪！

インコがかぶと虫に気づいて急せんかいしたので、事故は起こらずにすみました。それまで夕陽に向かって飛んでいたインコは、反対方向に向かって一直線に飛んでいきました。上空はあぶないと思ったのか、地面の近くで羽ばたき、まるで逃げ帰るように、どこかを目指していきます。

その先には高台があり、一棟のマンションが建っています。沈みかけた夕陽をあびて、マンションの白い壁はまぶしく光っています。インコが目指しているのは、どうやら一階のベランダのようです。

「さあ、のんびりしている時間はない。行くぞ、お前たち」

サンタクロースはぱんぱんと手をたたき合わせました。

「ではお嬢さん、さようなら」

「ごきげんよう、サンタクロースさん」

サンタクロースと二人の天使を乗せたソリは、沈みつつある太陽に照らされた町の上をぐんぐん飛んでいき、すぐに見えなくなりました。それを見おくっていた王女様も、やがてどこかへ飛んでいきました。かぶと虫も、のんびりとはねを動かして、行く先しれずの旅をつづけることにしました。

空では暮れ色が深まり、夕陽につつみ込まれた地上では、そろそろ家々の窓に明かりが灯《とも》りはじめています。

『ストーリーズ』（卯月圭介著）より

光の箱

Track1: Rudolph The Red-Nosed Reindeer（赤鼻のトナカイ）

（一）

故郷の駅舎を出ると、いきなり最初の一滴が瞼《まぶた》にぶつかった。冷たい雨粒はみるみる数を増し、近くに見えた屋根の下に圭介《けいすけ》が首をすくめて駆け込んだときには、もうあたり一面が灰色に煙《けぶ》っていた。

小さなケーキ屋のクリスマス飾りが、雨滴《あましだり》の向こうでぼやけて光っている。あれはたしか、圭介がこの街を出た十四年前にできた店だ。オープニングセールの賑《にぎ》やかな声を聞きながら、窓口で特急の切符を買ったのを憶《おぼ》えている。

息をつき、コートの襟《えり》を合わせた。おかしな天気だ。予報では終日晴れとなっていたはずなのに、夏ならまだしも、暮れのこの時期に夕立とは。

と、そこまで考えて初めて気がついた。自分が確認した予報――あれはもしかしたら、東京のものだったのではないか。今朝、一人でトーストを囓《かじ》りながら眺めていた天気予報。いつもの癖で都内の天気を見てしまったのかもしれない。

「……あの」

声に振り返ると、一台のタクシーがすぐそばで後部座席のドアを開けていた。運転席で身体《からだ》をねじるようにして、こちらに顔を向けているのは、胡麻塩《ごましお》頭のドライバーだ。

「お乗りになるんですよね」

「はい？」

自分はタクシーを呼び止めるような仕草をしただろうか。内心で首をひねったが、何のことはない、圭介が雨に追われて飛び込んだその場所はタクシー乗り場だったのだ。

「この雨、やまないですか？」

車内を覗《のぞ》き込んで馬鹿《ばか》げたことを訊《たず》ねると、ドライバーは上体をこごめて空を見た。

「まあ、予報じゃ夕方前から夜中にかけて降るって言ってましたけどねえ」

腕時計の短針は「5」の手前を指している。同窓会は六時からで、案内状によると、会場のホテルはここからタクシーで十分ほどの場所にあるらしい。懐《なつ》かしい街をぶらついてみるつもりで、早めに東京を出てきたのだが――。

「じゃあ、乗ります」

この雨では仕方がない。ホテルに向かうことにしてタクシーに乗り込んだ。ラウンジでコーヒーでも飲みながら、昔の友人たちを待つことにしよう。

暖房の効いた車内で、革鞄《かわかばん》の水滴を拭《ぬぐ》った。中には東京駅の喫茶店で編集者から受け取ってきたゲラと、挿絵のカラーコピーが入っている。圭介の新しい童話は、来春刊行される予定だった。

――卯月《うづき》さんが遠出なんて、珍しいですね。

特急列車の乗車口まで見送ってくれた馴染《なじ》みの編集者が、からかうような口調で言っていたが、たしかに東京を出るのは久しぶりのことだ。普段は買い物と打ち合わせ以外、自宅を出ることさえ滅多にない。

「煙草《たばこ》の匂《にお》いがしたらごめんなさいね。前のお客さんが、あれしたもんで」

ドライバーが申し訳なさそうに言う。

「構いませんよ」

煙草を吸ったことはないが、匂いは嫌いではなかった。小学生の頃に死んだ父がへビースモーカーだったせいか、むしろあの苦い匂いを嗅《か》ぐと気分が落ち着くくらいだ。原稿に悩んだときなど、近所のカフェでわざわざ喫煙席に座り、コーヒーを飲むこともある。

「車、ホテルの正面につけます？　正面の入り口に」

圭介が行き先を告げると、ドライバーは車を出しながら訊《き》いた。

「正面じゃない入り口も、あるんですか？」

「ええ、裏口――ってえか建物の後ろっ側に、もう一箇所入り口があります。そっちのほうが車が流れてますから、ホテルに入るのはだいぶ楽ですよ。海沿いの正面入り口は、雨だと降車のタクシーが並んじゃうときがあるんです」

「じゃあ、けっこう大きなホテルなんですね」

十四年前には、まだなかった建物だ。

長年足を向けずにいたあいだに、この街もずいぶん変わったらしい。

「とりあえず、裏口に回ってください。その、車が流れてるほうに」

「あいあい、裏口了解」

ドライバーがアクセルを踏み込み、タクシーは加速する。圭介は眼鏡を外し、口をすぼめてレンズについた水滴を吹き飛ばした。雨に滲《にじ》んだライトが反対車線を流れていく。この道は、昔より少し広くなったようだ。濡《ぬ》れたガラス越しに見える歩道も、綺麗《きれい》に整備され、建ち並ぶ店にはどれも見憶えがない。

タクシーが赤信号で停まると、ワイパーの動く単調な音だけが車内に響いた。エアコンの熱で頭がぼんやりしてくる。運転席で、疲れたような吐息が小さく洩《も》れた。

「ラジオでもつけますか？」

「いえ、大丈夫ですよ」

圭介が断ると、ドライバーはちょっと残念そうに、ラジオのスイッチに伸ばしかけていた片手を引っ込めた。眠気覚ましに自分が聴きたかったのかもしれない。

今回の同窓会のことを圭介に連絡してくれたのは、高校で三年間同じクラスだった富沢《とみざわ》という男だった。

――やっと連絡とれたよ。苦労したぞ。

一ヶ月ほど前、自宅で電話を取った圭介に、富沢は開口一番そう言った。その声を聞いて、相手の名前は浮かんでこなかったが、イントネーションのおかげで、自分が十代までを過ごした土地からの電話だとすぐにわかった。

雑誌でたまたま圭介の写真を見かけ、出版社に問い合わせて連絡先を訊いたのだという。

高校を卒業してすぐ、圭介は海沿いに広がるこの街を出た。当時ともに暮らしていた母も、それを機会に安めのアパートに引っ越していたので、圭介の連絡先がわかる者は誰もいなかったのだ。そういえば何日か前に、連絡先を教えていいかというような確認が編集者からあったような気がしたが、ちょうど徹夜明けで寝入りばなの電話だったものだから、記憶は定かではなかった。

――卯月圭介、童話の世界に新風……すげえよなあ。

雑誌を片手にかけていたのだろう、富沢は電話の向こうで唸《うな》るように言った。素直なその声が、圭介には嬉《うれ》しかった。

――お前、昔から童話なんて書いてたっけか。

――真剣に書き出したのは、東京に出てきてからだよ。

上京して事務用品の商社へ就職し、圭介は夜な夜な習作を書いては新人賞に応募していた。ようやく自分の本を書店に並べてもらえるようになり、一人で祝杯を上げてから、いつのまにかもう八年が経《た》っている。

地元で計画している同窓会の誘いに、圭介が曖昧《あいまい》な答えを返していると、富沢はとにかく案内を送るからと言って電話を切った。約束どおり、富沢は数日後に同窓会の詳細が書かれた往復葉書を送ってきた。圭介はしばらく迷った後、「参加」の二文字をスケッチペンで囲んで返送した。

弥生《やよい》も来るのだろうか。

葉書をポストに放り込んだ日から今日まで、そのことばかりを考えている。彼女とふたたび会うことになるのだろうか。大人になった顔を、互いに見合うことになるのだろうか。どちらかが笑えば、きっともう一人もつられて笑うだろう。だが、自分も弥生も、最初の話題を探して口ごもるに違いない。あの事件のことは、きっとどちらも口にしない。だから何を話していいのかわからない。

シートに背中を預け、ゆっくりと息を吸い込んだ。雨に濡れた服の匂いは、初めて異性の身体に触れた日のことを思い起こさせた。あのとき、この湿った匂いの向こうから鼻先に届いてきたのは、どこかミルクに似た、清潔な肌の香りだった。


「いらっしゃいませ。お一人様で？」

ホテルのラウンジは混み合っていた。オレンジがかった照明の下で、テーブルについている人々をそれとなく見渡してみたが、集合の一時間以上も前に到着している旧友は誰もいないようだ。もっとも、もしいたとしても、その顔をひと目で見分けられる自信はないが。

「一人です」

ウェイターに案内された窓際《まどぎわ》の席からは、ホテルの正面入り口がよく見えた。ドライバーの予想は間違っていたらしく、タクシーが列をつくっているようなことはない。雨は先ほどよりも強まって、玄関脇《げんかんわき》に据えられたクリスマスツリーの電飾を濡らしていた。ツリーの横には、白い袋を担《かつ》いだプラスチック製のサンタクロースが背中を向けて立っている。いかにも自分で持っているように、ホテルのロゴが入った傘を片手にくくりつけてあった。そんなサンタクロースやクリスマスツリーを中に閉じ込めて、窓ガラスの向こう側を水滴が流れていく。

コートを椅子《いす》の背にかけ、コーヒーを注文した。仰々しい所作でウェイターが遠ざかっていくと、それまで周囲の人声に紛れていたクリスマスソングがふと耳に入り込んできた。ジョン・レノンの“Happy Xmas (War Is Over)”——声は入っておらず、インストゥルメンタルだ。曲はもう最後のフレーズに差しかかっていた。“War is over”がリフレインを繰り返し、徐々に遠ざかっていく。それが完全に消え、しばらくのあいだ、また周囲の談笑や食器の音が聞こえ——やがてつぎの曲がスピーカーから流れはじめた。イントロを耳にした瞬間、圭介には曲のタイトルがわかり、胸の底に小さな痛みが走った。

懐かしい、あの曲だ。冬が来るたび聞こえてくる曲。ジョニー・マークスの“Rudolph The Red-Nosed Reindeer”――「赤鼻のトナカイ」として日本でも広まったクリスマスソング。

目を閉じると、瞼の裏に雪景色が広がった。その向こうに、暖かそうな橙《だいだい》色の光がぽつんと見えた。小学四年生のとき、圭介は生まれて初めて物語を書いた。タイトルは『リンゴの布ぶくろ』。暖房のないアパートの隅で、母が仕事から帰ってくるのを待ちながら、学校で使っていたノートを逆さまにして、後ろのページから書きはじめた。いや、あれは物語と呼べるほどのものではなかったのかもしれない。音楽の教師が授業で紹介したクリスマスソングの歌詞に、少々色をつけただけの、長い落書きだった。

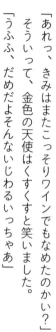

リンゴの布ぶくろ

「あれっ、きみはまたこっそりワインでもなめたのかい？」

そういって、金色の天使はくすくすと笑いました。

「うふふ、だめだよそんないじわるいっちゃあ」

そういって、銀色の天使は銀色のそでで口もとをおさえました。

だんろの火がきらきらとうつっている窓ガラスの外には、白い雪がちらちらとふっているのが見えます。でも、丸太でがんじょうにつくられた小屋のなかは、ぽかぽかとあたたかいのです。

「だってほら、ごらんよ、サンタさんの大事にしているクリスマスブドウのワインをなめでもしなけりゃ、こんなに赤い鼻にはならないよ」

金色の天使は、こんどはトナカイの大きな鼻を金色の指先でつっつきました。

「だめだってば、いじわるしちゃあ……うふふ、よしなよ、きみ」

銀色の天使はそういいながらも、その様子がゆかいでたまらないのです。

さきほどからじっとだまっていたトナカイは、とうとうがまんができなくなりました。ですから、二人の天使をおもいっきりおどかしてやろうと思って、二本の前あしをせいいっぱい高く持ち上げて、ばたばたと動かしてみせました。二人の天使は、わあとにぎやかな声を上げて、カシのテーブルの向こうがわへ逃げました。それでもまだ二人はくすくすと笑っています。笑いながら、天使たちは声をそろえていいました。

「赤鼻のトナカイさん！」

トナカイの目には、なみだがじわっとあふれてきました。でも、二人のちっちゃな天使に、そんななさけないところを見られるのがいやだったので、くるっと後ろをむきました。そして、げんかんのニレのドアのほうへ歩いていきました。

トナカイがドアのノブに前あしをかけたそのときです。ドアは外がわからいきおいよく開かれました。

「ホーホーホー！　いや、すっかりおそくなってしまった。ソリにぬるロウがどこにも売っていなくてね」

　サンタさんが買い物から帰ってきたのでした。ドアの内がわにいるトナカイに気がつくと、サンタさんはいいました。

「おや、おまえはいまごろどこへ行くんだい？　もうすぐ出発だよ？」

　トナカイはむりにわらった顔をつくりました。それから「どこにも行きませんよ」といって、さもくつろいだふうに伸びをしてみせたのでした。

　二人の天使は、声をそろえてサンタさんにあいさつをしました。

「お帰りなさい、サンタさん！」

「ホーホーホー、ただいま。二人とも、いい子にしていたかな？」

「もちろんです、サンタさん！」

「よーしよし、明日は年に一度のクリスマスだ。これから世界中を走りまわらなきゃあならん。さあさあ、もうこんな時間だ。はやいとこ、ソリにロウをぬらなくちゃ。みんな、こっちにおいで」

　そういってサンタさんは、とてもうれしそうに、部屋のおくへと歩いていきました。そこには物置へつづくドアがあります。二人の天使は、わいわいついていきました。トナカイは、とぼとぼついていきました。

ほこりがいっぱいの、せまくるしい物置のすみには、おんぼろのソリがあります。サンタさんがぷーと息をはいて、ソリのほこりを吹きはらうと、せまい物置のなかはもくもくと真っ白になりました。サンタさんと天使たちがむせかえります。

「けほけほ……」

「ごほごほ……」

「うほっ、うほっ、うぉっほほん！　はっはっは、このしゅんかんがわたしは大好きなのだよ。うぉっほほん！」

そういってから、ばかでかい声でわらって、サンタさんはソリをかるがるとかつぎ上げました。二人の天使は、はしのほうをちょっとささえました。三人は、えっちらおっちらと物置を出ていきました。

でも、トナカイだけは、三人の後ろすがたをじっと見おくって、その場に立ったままでいました。

（二）

ノートの終わりから書きはじめた物語は、圭介を寂しさから救ってくれた。

父親のいない家。遅い時間まで仕事をしている母。夜中に目を醒《さ》ますと、いつも居間の座卓に両肘《りょうひじ》をついて、母は静かな溜息《ためいき》をついていた。布団《ふとん》の中で身じろぎをしないよう気をつけながら、圭介は痩《や》せた母の横顔をじっと眺めた。こちらを見て欲しかったが、母が顔を向けそうになると、素早く目を閉じて眠っているふりをした。

学校で、圭介はいろいろなあだ名で呼ばれていた。どれも、圭介の家に金がないことを揶揄《やゆ》したものだった。何も言い返せなかった。母を馬鹿《ばか》にされた悔しさで咽喉《のど》が詰まり、口をひらいても言葉が出てこなかった。

火傷《やけど》の痕《あと》に、ひたひたと氷を押し当てていくように、圭介は毎日ノートに物語を綴《つづ》った。そうしているときだけ、寂しくなかった。あふれる言葉を文字にして書きつけているあいだだけ、哀《かな》しくなかった。

☪

小屋の外です。

きらきら光る星と、ふわふわの雪でいっぱいです。

サンタさんと二人の天使は、ソリをはこんで二レのドアを出てきました。

「ホーホーホー！　さあ、ロウをぬって出発だ！」

「はやく、はやく！」

「出かけましょうよ！」

「まあまて。だめだよ、ちゃんとロウをぬらなきゃあ。こいつをぬるのとぬらないのとでは、カーブでのキレがまったくちがうから」

サンタさんはポケットからぼろきれをとり出すと、それにロウをちょっとつけて、ソリのあちこちをごしごしこすりはじめました。二人のちっちゃな天使たちは、しぶしぶそのさぎょうをながめていました。

「よし、と」

しばらくして、ようやくサンタさんはロウぬりをおえました。それから二人をふりかえっていいました。

「それじゃあ、行くか」

「いやっほう！」

「出発だ！」

「おうい、トナカイ！　トナカイやあい！」

サンタさんが小屋をふりかえって大ごえを出すと、トナカイはそっと二レのドアから出てきました。

「さあ、行くぞトナカイ！　世界のたびに出発……ん？」

サンタさんはトナカイの顔をのぞきこみました。

「なんだい、そのふくろは？」

見ると、トナカイはほこりまみれの布ぶくろを、すっぽりと自分の鼻にかぶせているのでした。それは物置にあった、古いリンゴの布ぶくろです。

「おまえ、鼻をどうかしたのかい？」

サンタさんは心配そうにトナカイを見下ろしました。

二人のちっちゃな天使たちは、気まずそうに顔を見あわせました。

トナカイは、だまってソリのまえに歩いていくと、いつものようにソリの革ひもを、こしにまきつけました。

☾★

しばらくのあいだ、だれも、なんにもいいませんでした。それぞれが、それぞれの頭のなかで、いろいろなことをかんがえていました。

とうとうサンタさんがいいました。

「ホーホーホー……わかったぞ、わかったぞ。おい、おまえたちはトナカイの赤い鼻を笑ったのではないのか？」

そういわれて、二人の天使はかたをすぼめて小さくなりました。じっとうつむいたまま、なにもこたえることができませんでした。トナカイも、ただうつむいていました。

やがてサンタさんはいいました。

「なあ、トナカイ。そのふくろをとってはくれんかね？　おまえがそんなものを鼻におっかぶせていると、わたしはまったくもって、こまってしまうんだよ」

そのことばに、トナカイはふしぎそうにサンタさんの顔を見あげます。サンタさんはつづけました。

「ほら、ごらんよ、このおんぼろソリをさ。ランプもなにもありゃあしない。もうずいぶんと、ながいことつかってきたからね」

トナカイは、じぶんのうしろにある古いソリをふりかえりました。

「でもな、トナカイ。わたしはこのソリがすきなんだよ。大すきなんだ。あたらしいやつに買いかえるつもりなんて、まったくない。このさき、何年だってつかってやるつもりさ。ただな……」

サンタさんは白いりっぱなヒゲをごしごしさすりながらつづけます。

「この古いソリじゃあ、暗いよみちは、あぶなっかしくてしかたがないんだよ。なんたってランプもついていないんだから。……そこでだ、トナカイ、ひとつきこう。わたしがいままでいちどでも、運転をあやまったことがあったかい？」

トナカイは首をよこにふりました。

そしてサンタさんは、ちょっとだけてれながら、こういったのです。

「つまりさ、ほら……暗いよみちは、ぴかぴかの、おまえの鼻がやくにたつのさ」

トナカイははっとして顔をあげました。

二人のちっちゃな天使たちは、小さくあっといいました。

「さあトナカイ、そいつをとっておくれ。おまえがそんなものを鼻におっかぶせていたのでは、世界のみんなにプレゼントをくばれやしない」

トナカイの顔は、みるみる明るくかがやいてきました。二人の天使たちの顔は、みるみる赤くなっていきました。サンタさんは大きなこえでいいました。

「ホーホーホー、もうこんな時間だよ。さあ、はやいとこ行こうじゃないか。ほらほら、おまえたちもそんな顔していないで、のったのった！」

金色の天使はサンタさんの右うしろに、銀色の天使は左うしろに、それぞれとびのりました。二人はまだ少しはずかしそうな顔をしています。

トナカイは二本の前足で、じぶんの鼻にかぶせたリンゴの布ぶくろをはさむと、それをぽいっと雪の上になげすてました。赤い鼻はぴかぴかと光ります。

「ホーホーホーホーホー、いよいよほんとうに出発だ！　世界中をひとっとび！　アメリカだってフランスだってソ連だって中国だってニッポンだって！」

「みんなにしあわせを！」

「みんなにあいを！」

トナカイはつよくうなずくと、雪の地面をけりだしました。そして心のなかで、こうつぶやいたのです——こよいこそは！

おんぼろのソリはいきおいよくすべりだし、雪けむりをあげ、やがてふわりと地面をはなれました。トナカイは空をまう雪を、四つの足でけって、けって、ぐんぐんじょうしょうしてゆきます。見なれたけしきは、どんどん小さくなって、はこにわのようにちっぽけになったかと思えば、もうそこには一枚の地図がひろがっているだけでした。

「メリークリスマス！」

きこえてくるのは鈴の音です。
今夜は世界中に、鈴の音がひびきます。

――おわり

（三）

圭介にひどい言葉をかけつづけた小学校時代のクラスメイトたちは、その半分ほどが同じ中学に進学した。入学式の朝、冷え冷えとした体育館に並び、引用だらけの校長の話を聞きながら、圭介は不安に圧《お》しつぶされそうだった。また、同じような毎日が三年間もつづくのだろうか。また自分は我慢するのだろうか。友達と打ち解け、冗談を言って笑い合うことを想像し、その想像を抱えたまま黙って家路《いえじ》につく日々が、ふたたびはじまるのだろうか。

入学式が終わると、新入生たちはそれぞれの教室に移動するよう指示された。圭介はわざと遅れて体育館を出た。知っている顔となるべく出会いたくなかったからだ。校舎の廊下を歩いていくと、上り階段の脇で、何人かの生徒がたむろしているのが見えた。そのうちの一人が圭介に気づき、周りの連中に何か言った。全員がどっと笑った。真新しい詰め襟の上に並んでいるのは、どれも見知った顔だった。小学校時代のクラスメイトたちだ。

いま、みんなを笑わせたのは、岩槻《いわつき》という奴《やつ》だった。彼は昔から、圭介の貧乏を大きな声で揶揄したあと、きまって自分の家に金があることを周囲にひけらかす。圭介を馬鹿にすることで、同時に自分を大きく見せることができ、一石二鳥とでも思っているに違いない。いまも、岩槻が何か圭介の聞き取れないことをぼそりと呟《つぶや》き、ほかの面々がへえと羨《うらや》ましそうに彼を見た。そういえば小学校時代、最初に圭介の心を傷つけたのは、あの岩槻だった。

圭介が無視して通り過ぎようとすると、岩槻が声をかけてきた。しかし圭介は顔を向けなかった。真《ま》っ直《す》ぐ前を見て、ぶかぶかの制服の手足を無理に動かしつづけ、彼らの前を横切ろうとした。

が、できなかった。

不意に、岩槻の突き出した上履きの右足が、圭介の腰を蹴《け》りつけたからだ。声を上げる間もなく、圭介は冷たいタイルを転がって廊下の壁に側頭部を打ちつけた。驚きと混乱の中で見上げると、岩槻は頬を持ち上げて笑っていた。もっと小さな子供が、知らない虫でも見つけたときのような顔だった。

それが、最初の肉体的な暴力だった。無抵抗の圭介に向かって突き出される手や足の数は、日ごとに増えていった。連中は、言葉だけでは飽き足らなくなったのだ。言葉に耐性を持ってしまった圭介が許せなかったのだ。そしておそらくは、緊張もあったのだろう。慣れない校舎の中で、知らない教師たちや先輩連中を目《ま》のあたりにして、心の隅に不安が凝《こご》っていたのだろう。中学校で初めて出会った同級生たちも、競うようにして圭介を攻撃しはじめたのが、その証拠だった。

圭介は毎朝、校舎の玄関を入るとき、自分の心を見えない刑務所に閉じ込めた。そして、殴られても蹴られても笑われても、じっと無表情を貫き、授業がすべて終わると、仮出所させた心といっしょにアパートへ帰った。その繰り返しだった。物語を書くことは、もうなかった。小学四年生の冬に書いた物語を思い出すことも、すっかりなくなっていた。そうしているうちに圭介は、刑務所に出入りさせていたもう一人の自分の姿が、以前とずいぶん変わってしまっていることに気がついた。錆《さ》びた鉄格子《てつごうし》をうっそりとくぐるその横顔は、瘦せて、虚《うつ》ろで、蒼白《あおじろ》かった。子細に見てみると、その両目はまるで、オタマジャクシが身体と変わらない大きさの金魚鉢に閉じ込められたみたいに、黒目だけがぶるぶると震えているのだった。

その震える両目はしかし、あるとき急にぴたりと静止した。

いまでもはっきりと憶《おぼ》えている。あれはちょうど校庭の銀杏《いちょう》が葉を落としはじめた、秋の終わりだ。静止した視線の先――教室の隅に立っていたのは、一人のクラスメイトだった。両耳を少し過ぎるくらいの黒髪に、白くて小さな顔。セーラー服の濃紺と、その肌の白さが、つくりもののようなコントラストだった。彼女は真っ直ぐに圭介を見ていた。休み時間だというのに、誰とも喋《しゃべ》らず、笑い合わず、圭介を見ていた。それが、葉山《はやま》弥生だった。

同じクラスだったので名前だけは知っていた。大人しい女の子で、自分から誰かを笑わせたり、話題を持ち出すことはせず、いつも友達の話にうなずきながら、ときおり柔らかい声で笑う。薄い膜が一枚かかったような両目は、空気の流れでも見ているように、大抵ぼんやりと何もないところに焦点を漂わせていた。――そんな弥生が、何かを真っ直ぐに見るなんて、不思議な感じがした。そしてその見ているものというのは、ほかでもない圭介なのだった。

と、そのとき弥生の姿が視界の中心から勢いよく横にぶれた。一瞬、何が起こったのかわからなかったが、顔を横に向けると、岩槻がカンフー映画に出てくる人物のように、もったいぶって右足を床に下ろすところだった。その後ろには、これも映画のように、仲間が二人、ポケットに両手を入れて立っている。じんじんと、蹴られた側頭部が痛み、圭介はそこへ手をあてた。するとふたたび岩槻の右足が飛んできて、今度は脇腹に突き刺さった。圭介は椅子から転げ落ち、呻《うめ》き声を洩らして床に這《は》いつくばった。いつもなら、じっと顔を下に向け、全身を硬くして、つぎの攻撃に備えるところだった。しかしそのとき圭介は顔を上げ、視界から外れてしまった弥生の姿を探した。どうしてそうしたのかは、いまでもわからない。とにかく圭介は彼女を探した。

――あそこだ。弥生はまだ圭介に目を向けていた。先ほどと表情は変わっていなかった。真っ直ぐに圭介を見ている。ほかの女の子のように、情けなさに苛立《いらだ》った目ではなく、痩せた犬に同情するような暗い目でもなく、彼女はただ静かに圭介を視界の中心におさめていた。

放課後、圭介は歩道の落ち葉を踏みながら家路をたどった。民家の庭から、箒《ほうき》で落ち葉を掃くリズミカルな音が聞こえていた。通り過ぎてからも、その音がなかなか消えないので、圭介は不思議に思って振り向いた。

十メートルほど後ろに、弥生が立っていた。箒の音がつづいていると思ったのは、彼女の足音だったらしい。圭介と同時に足を止めたのだろうか、歩道に散った落ち葉の上で、彼女は学生鞄を片手に提げ、ぴったりと両足の踵《かかと》を合わせていた。そのまま何も言わずに立っている。ただ帰り道が同じで、圭介が急に振り返ったものだから、びっくりして足を止めてしまっただけなのだろうか。――圭介はふたたび歩き出した。そうしながら、耳に神経を集中させていると、彼女もまた歩き出したことがわかった。歩調はしばらく一定だったが、やがてその中に、ときおり乱れるような素早い足音が混じるようになった。そのたびに、足音は圭介の背中に近づいてきた。そして、アパートまであと百メートルほどというところで、セーラー服の肩が横に並んだ。

「あたし、先生に言う」

唐突な言葉に、圭介は驚いて足を止めた。

「先生に言えば、きっとやめさせてくれる」

何のことを言っているのか、すぐにわかった。そんな心遣いが嬉しくないわけでは、もちろんなかったが、目をそらして声を返した。

「そういうことは、しないでほしい」

「何で？」

「たぶん、悪いほうに行っちゃう」

「悪いほうって？」

「もっとひどいことされるかも」

弥生は唇を結んだ。圭介を見上げる両目はとても辛《つら》そうだった。その目を見て、圭介は思った。この人は正義漢を気取っているのではなく、真実自分のことを心配してくれているのだ。嬉しさの反面、どうしようもなく哀しくなった。

しばらく黙っていたあと、弥生は突然奇妙な提案をした。

「じゃあ、いっしょに絵を描かない？」

学生鞄をひらき、彼女は何やら数枚の紙を取り出した。

「あたしの趣味なの。何があっても、絵を描いてると忘れられるの。だからいっしょに描かない？」

それは色鉛筆で描かれた、淡い風景画だった。いや、風景画ではないのだろうか。そうだ、こんな景色が実際にあるはずがない。雲が片手に指揮棒を持ってリズムをとっていたり、虹《にじ》の真ん中に矢がつがえてあったり、山が……これは何だろう。

「おならしてるの？」

「怒ってるんだよ。怒って、もう少しで噴火しそうなんだけど、それをなんとか堪《こら》えてたら、横から熱い空気が洩れたの」

生真面目《きまじめ》な顔で答えてから、弥生は驚いたように圭介を振り仰いだ。

「何、おならって?」

「そう見えたから」

「見えるかな」

画用紙に目を戻して考え込む。その足下を、落ち葉が音を立てて過ぎていく。風はもう秋のものではなく、冬の硬さがあった。

弥生の絵を、圭介はとても素敵だと思った。敢《あ》えてそうしているのか、色づかいは少ないのだが、それでも不思議な実在感がある。

「まあいいや、おならでも」

弥生は顔を上げた。

「人に見せるための絵じゃないし。いま見せてるけど」

初めて話す彼女は、イメージよりもずっと早口で、しかも話をどんどん自分から先へ進めていく。

「ね、いっしょに描いてみない?　ものは試しって言うでしょ」

「試し」

「そう試し。やってみたら、けっこう夢中になれるかもしれないよ。学校のことなんて忘れちゃうかも。すぱっと」

しばし考えてから、圭介は弥生に向き直って正直に告白した。自分には絵心というものがまったくないことを。小さい頃から、保育園でも、小学校の図工の時間でも、上手《うま》く描けたことがなく、画用紙に向かっていると夢中になるどころかだんだん苛々してくるのだと。

「あ、でも」

目の前で弥生の顔が見る見る残念そうなものに変わっていくのを見て、圭介は慌《あわ》てて言い添えた。

「字なら大丈夫かも。字っていうか、話っていうか——」

言葉に詰まった。小学校時代、自分が夢中でノートに綴っていたあれは、いったい何と呼べばいいのだろう。童話と呼ぶのはおこがましい。物語というのは気恥ずかしい。迷った末、圭介は自分でも思わず眉《まゆ》をひそめるような妙な表現を口にした。

「絵本のほら、字の部分みたいな感じのやつ」

その瞬間、弥生はぱっと顔を明るくし、春のように笑った。

「じゃあ、いっしょにできるじゃん」

「何を？」

「絵本、つくろうよ」

圭介は上体を引いて弥生の顔を見つめた。同級生の女の子の顔を、至近距離で眺めていることとの含羞《はじらい》も意識されないほど、彼女の言葉に戸惑っていた。絵本をつくる。いま初めて口をきいたこの人と自分が、絵本をつくる。

「明日、色鉛筆持ってくる。家に行っても平気？」

「あ、いやべつに大丈夫だけど……っていうか誰もいないけど」

「なら静かでちょうどいいね」

忘れないでよ、と言い残し、弥生は回れ右をして遠ざかっていった。

（四）

翌日の放課後、弥生は本当にアパートまでやってきた。

『リンゴの布ぶくろ』を、ものも言わずに読んだあと、彼女は圭介が出した母の湯呑《ゆの》みから日本茶をときおりすすりながら、新しい画用紙に絵を描いた。色鉛筆が紙の上を滑る音を間近で聞きつつ、圭介は彼女を眺めた。画用紙に向かう弥生は、微笑を浮かべてはいないが、浮かべる直前といったような表情をしていた。紺のセーラー服からすっと伸びた首が、白くて綺麗だった。近くでじっくり見てみると、弥生の顔はどことなく猫に似ているなと思った。しかし、それは決してペット・コンテストで優勝するような猫ではなく、たとえば近所の車の下からこちらを覗《のぞ》いている、素朴な魅力を持った猫だった。

静かな時間が過ぎ、四枚の絵が出来上がった頃には秋の日もすっかり暮れ、アパートの窓が真っ暗になっていた。

トナカイをからかう天使たち。苛立って前脚を持ち上げるトナカイ。小屋に帰ってきたサンタクロース。埃《ほこり》を被《かぶ》った古い橇《そり》。――四枚の絵はどれも、驚くほど圭介のイメージに合っていた。

「これ、絵のほうが先にあったみたいだよ。僕があとから話をつけたみたい」

上手く言葉で表現することはできなかったが、弥生には伝わったようだ。四枚の画用紙を座卓の上に丁寧に並べ、彼女は心底嬉しそうに微笑《ほほえ》んだ。

「この、空いてるところにあとで字を書こうよ。絵本にするには、まだぜんぜん絵の数が足りないけど、頑張って描くから」

また明日つづきをやろうと言い、弥生はアパートを出ていった。ふたたび静かになった居間で、圭介は一人座卓の前に膝《ひざ》をつき、彼女が甘いような匂《にお》いといっしょに残していった四枚の画用紙を、掌《てのひら》でそっと撫《な》でた。触ると温かいような気がしたが、それはやはり冷たかった。

それからほぼ毎日、弥生は圭介のアパートにやってきた。岩槻たちに見られると何を言われるかわからないので、二人でいっしょに学校を出ることはせず、圭介のアパートの前で待ち合わせた。

絵は徐々に増えていった。初日のペースからして、二週間もすれば絵本は完成してしまうのではないかと思っていたのだが、三日目あたりから弥生の手がやけにゆっくりと動くようになり、ひと月ほど経《た》って部屋の寒さが増してきても、まだトナカイはリンゴの布ぶくろを鼻に被せていた。圭介はいつも、座卓に向かって色鉛筆を動かす弥生を、体育座りをしてただ眺めていた。手の動きが止まるたび、彼女の呼吸音が微《かす》かに聞こえてきて、その呼吸と自分の呼吸が合いそうになると、何故《なぜ》か慌てて息をついでタイミングをずらした。

毎日、弥生は夜の八時近くまで圭介の家で過ごした。そのあいだに二人は大抵二杯ずつお茶を飲み、弥生の持ってきたスナック菓子を一袋平らげた。

「家の人、心配しないの？」

訊《き》くと、弥生は緩く唇を嚙《か》んで首を横に振った。耳にかかっていた髪が音もなく頬に流れた。

「どうせお父さん、九時過ぎまではお店のほうにいるし」

弥生の家がカメラ店を経営していることは聞いていた。

「お母さんは？」

「お母さんはもっと平気。あの人、あたしのこと嫌いみたいだから」

「え、何で」

「嫌いっていうか、どうでもいいのかな。いつも、何もしてくれないし」

そう言ってから、彼女は口の中で呟いた。

「……くせに」

いま何と言ったのだろう。圭介にはよく聞こえなかった。訊《たず》ねるかわりに首を突き出すと、弥生はくるりと顔を向けて大袈裟《おおげさ》に口を動かした。

「言っ、て、る、く、せ、に。いつも、あたしのこと考えてるなんて言ってるくせに、お母さん、何もしてくれないの」

「ご飯もつくってくれないとか？」

「そう……そういうこと。うちも大変なんだよ、いろいろと」

溜息混じりに言い、彼女はまた座卓に顔を戻した。

商店街がクリスマスの声で賑《にぎ》わう頃、圭介たちの絵本はとうとう完成した。合計三十枚。それに表紙と裏表紙。綴《と》じ方はやや不格好だが、それでも二人の大切な作品だった。その作品を前に、いつか圭介が童話作家になって物語を書き、弥生が画家になって挿絵を描くという、子供じみた夢を二人で語り合った。

「今度のクリスマスまでに、この絵本のつづきを書くよ」

二週間ほど経ったクリスマスの日、圭介は約束どおりノートに綴った新しい物語を弥生に渡した。それは『光の箱』というタイトルで、一冊目の物語のつづきだった。弥生はこの話にもすぐに絵をつけようと言ってくれた。

春が来る前に、二人の絵本は二冊になった。

最初の一冊は圭介のアパートに置き、新しい一冊は、弥生が家に持ち帰った。

（五）

高校生になり、圭介はようやくあの醜い攻撃から解放された。

岩槻は県内で有名な私立の進学校に進んだらしい。勉強だけはぬかりなくやっている男だったのだ。卒業間際《まぎわ》、岩槻に突然好意を打ち明けられたと、弥生が教えてくれた。彼女が断ると、岩槻は声を出さずに泣いたそうだ。いい気味だとは思わなかった。岩槻のことを考えて、弥生のことを考えて、しばらく胸がざわついた。

圭介と弥生は同じ県立高校に入学した。敢えてそうしたわけではなく、勉強においては可もなく不可もないという二人に、似たような進路が待っていたというだけだ。中学三年生のとき、恋愛映画を観《み》た帰り道で、二人は不器用に唇を合わせたことがあった。しかし、それっきりだった。もちろんその先のことを、思わなかったわけではない。ただ、二人でつくったあの二冊の絵本が、いつも圭介の頭の片隅に並んでいて、軽はずみな行動がその大事な絵本たちを台無しにしてしまうのではないかという予感があったのだ。だから圭介は、下腹《したばら》に新しい欲求を感じながらも、いつも弥生と会うときは、ただ街を歩いたり、軽口を叩《たた》き合ったりするだけだった。そうしている自分をもどかしく思った。絵本の存在を、ときおり忌々《いまいま》しく感じることさえあった。自分の中の成長が、圭介は哀しかった。

弥生は絵のほかに、もう一つの新しい趣味を見つけていた。それがカメラだった。型の落ちた、フラッシュ内蔵の一眼レフを、店に出入りしている業者からゆずってもらったらしい。休みの日に圭介と会うときには、彼女は必ずその重たいカメラをショルダーバッグに入れていた。

「うちで現像できるから、フィルム代しかかからないんだ」

初めて弥生が圭介にカメラを見せてくれたのは、日曜日の駅前広場だった。相変わらず短めに切った髪を、左手で掻《か》き上げながら、彼女はファインダーを覗き込んで圭介にレンズを向けた。マニュアルフォーカスらしく、慣れない手つきでレンズのリングをいじっていた。

「現像は、お父さんにやってもらうの？」

「自分でやるんだよ」

「え、あれって暗室とかでやるんでしょ？」

そんな技術を弥生は持っていたのだろうか。

「お店に、自動で現像してくれる機械があるの。最近は便利なんだから」

左手を挙げて合図をし、弥生はシャッターを切った。それから両手でカメラを高く持ち上げ、満足げに眺めた。

「あたし、画家じゃなくてカメラマン目指そうかな」

きっと、深い考えもなく口にした言葉だったのだろう。

だが、あまりに不用意なその一言は、圭介の胸に冷たく突き刺さった。彼女はそれに気づいてもいないようだった。

「いいんじゃない、カメラマンも」

そうやって新しいものを見つけていく弥生とは逆に、圭介はまだ童話にこだわっていた。暇を見つけては自宅で習作を書き綴《つづ》り、大抵は舌打ちをしてノートの上にシャープペンシルを放り出した。あの頃のような単純な文章が、どうしても頭に浮かんでくれないのだ。無意識のうちに難しい言い回しを考え、気取った表現を探し、そうやって物語を書き進めているうちに、自分でも呆《あき》れるほどつまらないものが出来上がっている。下手くそでも忘れがたいあの物語は、圭介にとって、二度と見つからない落とし物のようだった。

富沢とは、一年生のときに同じクラスになった。高校生のくせに無精髭《ぶしょうひげ》を生やした、顔だけ教師みたいな男だった。

「圭介、お前、葉山と付き合ってんの？」

四角い顔を近づけて、授業の休み時間に富沢が訊いてきた。

「何で？」

「いや、マサキが気にしてたもんだからさ」

マサキというのは別のクラスの生徒で、どういう字を書くのかは知らないが、富沢の口からよくその名が出てくる。中学校時代からの友達らしい。圭介は直接話したことはなかったが、富沢とは正反対の、整った顔立ちをした、どこか中性的な印象の男だということだけは知っていた。

「で、どうなの。付き合ってんの？」

「まあ……うん、一応」

圭介が曖昧《あいまい》に答えると、富沢はふんふんと唇をすぼめて僅《わず》かに目をそらした。その仕草から、先ほど彼が言った「マサキが云々《うんぬん》」というのはつくり話なのではないかと圭介は疑った。弥生に好意を抱いているのは、本当は富沢ではないだろうか。近くで起こった笑い声のほうを、ちょっと見てから、富沢はまた圭介に顔を戻した。

「じゃ、もうしたのか」

尻下《しりさ》がりの、答えはわかっているぞという調子だった。考えるより先に、圭介の口は嘘《うそ》をついていた。

「そりゃ、けっこう長いからな。付き合って」

一瞬、富沢の顔全体に力がこもったように見えた。それから彼は、そっか、と呟いて唇の両端をにやりと持ち上げた。

「マサキも可哀相《かわいそう》にな」

「でも、あんまり人に喋るなよ」

富沢は掌をひらひらと振って了解の意を示すと、

「いいなあ、俺も彼女つくってやりてえなあ」

そう言って圭介の机を離れ、教室を出ていった。その後ろ姿を見送りながら、自分はいまどうして嘘をついたのだろうと圭介は訝《いぶか》った。答えはすぐに返ってきた。——不安だったのだ。富沢や、あるいはほかの誰かが弥生に近づくのが。そして、絵よりもカメラに興味を持ちはじめたように、彼女が新しい相手へと目を向けてしまうことが。


同じ不安を、弥生もまた抱いていたのだと思い知らされたのは、翌年の冬のことだった。ある怖《おそ》ろしいかたちで、圭介はそれを確信させられることになったのだ。


その日、学校を終えた圭介は駅に向かって歩いていた。

——ちょっと買い物があるから。

そう言われ、弥生とは校門の前で別れた。

予感があったわけではない。そのとき圭介は、足を動かしながら、ただなんとなく背後を振り返った。するとそこに、守谷《もりや》夏実《なつみ》がいた。彼女は弥生の親友だった。外見は弥生と対照的で、健康的に日焼けした肌に、長い栗色《くりいろ》の髪がよく似合っていた。運動が好きで、夏はサーフィン、冬はスキーという、自分たちにはとても考えられないような趣味を持っているのだと、いつだったか弥生に聞いたことがある。

圭介は足を止めた。夏実もまた同時に足を止めた。——そんな情景に圭介は、ふとあの日のことを思い出した。弥生が自分の後ろを歩いていた、あの放課後の歩道。

しかし情景が似ていたのはほんの一瞬のことで、夏実はぱっと表情をひらくと小走りに駆け寄ってきた。

「やっぱり圭介くんだったのか」

弥生以外の女の子に名前で呼ばれたのは初めてのことだった。戸惑いが顔に出たのか、彼女はすぐに口許《くちもと》に手を添えてつづけた。

「あたし圭介くんとか言っちゃった。いつも弥生と話すとき、あの子がそう呼んでるから、たまにつられてあたしも圭介くんって——」

早口の言葉を中途半端《はんぱ》に終わらせると、夏実は圭介の顔を覗き込むように見た。

「嫌だった？」

「べつに嫌じゃないけど」

「なら圭介くんでいいか。あ、でも弥生には内緒にしといてくれる？　あの子の前で圭介くんって言うのと、圭介くんに直接圭介くんって言うのとじゃ、やっぱり違うし」

ぱきぱきと小枝を折っていくような話し方だった。矢継ぎ早に何度も名前を口にされ、鳩尾《みぞおち》がくすぐったいような心地がした。

その日、圭介は駅前のＣＤショップで買い物に付き合わされ、付き合ってくれたお礼にと買ってもらった缶コーヒーを店の外壁にもたれて飲み、夏実と別れた。別れ際、今日のことは弥生に言わないほうがいいよと彼女は冗談めかして笑った。圭介はそのとおりにした。

翌日から、教室でも圭介は夏実とよく喋るようになった。そこに弥生がいるときもあれば、いないときもあった。弥生が近づいて来ると、夏実は器用に圭介を名字に呼び変えた。その瞬間瞬間に、圭介は心地よいスリルを感じた。授業中、気がつけば夏実の横顔を見ているときもあった。夜、布団《ふとん》の中で、弥生ではなく夏実のことを考えるときもあった。そんなとき圭介は、小狡《こずる》く弥生の言葉を思い出し、行為の言い訳にした。

――あたし、画家じゃなくてカメラマン目指そうかな。

満足げにカメラを持ち上げていた弥生の顔。本棚の隅に置いてある絵本。夏実のあけすけな笑い顔。それらが順繰りに頭に浮かんだ。

「え、弥生の家、一回も行ったことないの？」

休み時間の教室で、夏実は目を丸くして驚いた。

「店のほうは、外からこっそり見たことあるんだけどね。一度、部屋を見てみたいって言ったら断られた」

「何で？」

さあ、と圭介は眉を上げた。

「ものすごく、部屋が汚いとかかな」

冗談のつもりだったのだが、夏実は顔と手を同時に振りながら答えた。

「ぜんっぜん綺麗《きれい》だったよ。あたし三回くらい遊びに行ったもん。広さは八畳もあるし、自分で撮った写真とか壁に飾ってあって洒落《しやれ》てるし、羨ましかったよ」

「そうなんだ……」

中学生の頃に出会い、一度唇を合わせたこともある圭介よりも、高校で出会った同性の友達のほうに、弥生は気を許しているのだろうか。

「そんな顔しないでよ、ちょっと。あたしが苛《いじ》めてるみたいじゃん」

夏実は手を伸ばし、圭介の腕を摑《つか》んで揺すった。それから上体を乗り出し、秘密を打ち明けるように顔を近づけ——吐息がかかるくらいの距離まで近づけて言った。

「圭介くん今度さ、弥生の家でコーヒー飲みたいなあとか言ってみれば。あの子のお父さん、お客さんにコーヒー淹《い》れるのが好きみたいで、あたしが行ったときもいつも——」

そのとき不意に、夏実を呼ぶ声がした。

振り返ると、弥生が圭介のすぐ後ろに立っていた。目だけが笑っていなかった。圭介の腕を摑んだままでいた手を、夏実は素早く引き、ちょうどよかったという調子で笑いかけた。

「いまあんたの家の話——」

「生物室、早めに行くんでしょ。実験の準備、夏実が当番じゃん」

「わ、そうだ」

夏実は椅子《いす》を鳴らして立ち上がり、談笑しているクラスメイトたちを器用によけながら教室を出ていった。圭介は弥生のほうに顔を戻そうとしたが——もう彼女はそこにいなかった。教室の反対側の出口のほうへ、ゆっくりと歩いていくのが見えた。

つぎの授業のあいだ、弥生は生物室の机を睨《にら》みつけ、じっと唇を結んでいた。まるっきり表情がなく、教師の説明もまったく聞いていないようだった。そんな弥生を圭介は初めて見た。授業の終わり頃、目が合った。彼女はすぐに視線を外した。目をそらしたのではなく、一度真っ直ぐに圭介を見てから、視線を下に向けたのだった。

週が明けた。夏実の席が朝から空いていた。彼女が学校を休むのは、憶えているかぎり初めてのことだ。少々気にはなったが、誰かに理由を訊くのもためらわれ、圭介は素知らぬふりをした。休み時間に弥生と喋っているときも、夏実の話題は出さなかった。弥生のほうもそれは同じだった。

翌日も、夏実は来なかった。その翌日も。三日つづけて休んでいるのだから、友人として自分が気にしても不思議はないだろうと、圭介は弥生に彼女のことを訊いてみた。

「あたし知らない。何も聞いてないし」

弥生はそう答えたが、何故とは知れず圭介は、彼女は知っているのではないか、聞いているのではないかという気がした。一瞬泳いだ彼女の目から、そう感じたのかもしれない。答える前に、彼女が一度唇をひらきかけ、それをまた閉じてから言葉を返したせいかもしれない。

けっきょくその週の終わりまで、夏実は欠席をつづけた。

担任教師が彼女の転校を告げたのは、翌週月曜日の朝のことだ。

「ご家庭の事情で、引っ越すことになったらしい」

担任は教壇でそう説明し、口々に発せられた質問の声に対して曖昧な答えを返していた。きっと担任はあのとき、本当に何も知らなかったのだろう。学校側から知らされていなかったのではなく、おそらくは夏実の親が、学校に真実を話さなかったのに違いない。

弥生は、夏実の転校の件についても何も知らないと言った。答える前に、魚が逃げ場を探すように、また視線が泳いだ。

授業中、低い冬の空を眺めながら、圭介は夏実のことを考えた。胸に暗い穴があいたようだった。穴の縁に腹ばいになり、溜息《ためいき》混じりに中を覗き込んでみると、穴は思ったよりも深いらしく、底は暗くてよく見えなかった。――弥生がカメラを取り上げられたら、同じような気持ちになるだろうか。そんなことを考えて、すぐに圭介は、人を物にたとえている自分に舌打ちした。そして舌打ちをすることで善人のふりをしている自分に、もう一度舌打ちをした。教室の窓から見える空は、雨の気配を感じさせる灰色だった。

その日の放課後、圭介は弥生をアパートへ誘った。あの絵本を、久しぶりに二人で読んでみようと言うと、彼女は素直にうなずいた。頭の上で、いつのまにか雲が重たく広がり、空一面を覆《おお》っていた。

雨が降り出したのは、二人で駅を出て、黙《もく》しがちにブレザーの肩を並べて歩いているときのことだった。商店街の中ほどで、足下の石畳に黒い点が一つ落ちた。あれ、と思って見上げた瞼《まぶた》に、驚くほど冷たい雨粒が当たり、すぐに近くの料理屋の軒庇《のきびさし》がぱちぱちと音を立てはじめた。

圭介と弥生は立ち止まったまま顔を見合わせた。そしてつぎの瞬間、互いに何の合図もなしに商店街の歩道を走り出していた。水を吸ったアスファルトの匂いがした。雨はみるみる強まっていき、圭介たちはさらに足を速めた。走っているうちに——隣を走る弥生の靴音を聞いているうちに、自分が冷たい雨に洗われて、なんだか透明になっていくような気がした。その感覚が心地よく、白い息の洩《も》れる唇が自然と持ち上がった。隣で弥生も同じ顔をしていることが、見ないでもわかった。二人はときおり手の甲や肘《ひじ》をぶつけ合いながら、並んで雨の中を走った。圭介は弥生が好きだった。そしておかしなことに、自分自身のことも好きだった。いつか、この日のことを思い出して、自分は懐《なつ》かしさのあまり泣いてしまうのではないか。上下に揺れる雨の街を走り抜けながら、圭介はそんなふうにさえ思った。

アパートに駆け込むと、バスタオルを二枚取り出して一枚を弥生に渡した。弥生は息を弾ませながらそれを受け取り、へたり込むように台所の床に腰を落とした。圭介もその場に座り込んだ。吐息に細い声をまじえながら、弥生は短い黒髪をバスタオルで包み込み、タオルの両端を顎《あご》の下で合わせたまま、しばらく動かなかった。濡《ぬ》れた制服のスカートの布地が、肌にまとわりついているせいで、白い腿《もも》が板敷きの床の上でやけにはっきりと目についた。ややあって、弥生がタオルで髪や首を拭《ふ》きはじめると、その動きの中で、陶器のような肌がいっそう大きく面積を露出させた。まだ整わない呼吸を繰り返しながら、圭介は頭を抑えつけられたように、その部分を見ていた。弥生がふと顔を上げ、その視線に気づき――しかし気づかなかったふりをして、スカートの裾《すそ》をさりげなく引いて直した。圭介は視線を上げた。一瞬遅れて、弥生も圭介を見た。はっきりと目が合った。二人で静かに絵本をつくっていたときの、苦しいような、しかし全身に自由を得たようなあの気持ちが、圭介の胸に押し寄せた。何も口にできず、相手の名前さえ呼べず、圭介は引っ張られるような心地で弥生のほうへにじり寄った。弥生はほんの少し目をひらき、唇が何かいいかけて薄く隙間《すきま》をあけたが、何も言わなかった。

その日、圭介は、初めて女性の肌の匂いを嗅《か》いだ。剝《む》き出しの畳の上で、弥生はきつく目をつぶり、腕を縮こませ、それでも二つの手で圭介の肩を強く摑んでいた。カーテンを引いた窓の外で、雨音がいつまでもつづいていた。

（六）

「圭介、ちょっといいか？」

休み時間に富沢が顔を寄せてきたのは、翌週の、冬休みを目前に控えた日のことだった。

夏実の転校の理由を耳にしたのだと、富沢は言った。その表情に微かな不安をおぼえながら、圭介は「何だったんだ？」と訊いた。

「悪戯《いたずら》されたらしい」

一瞬、無感覚に陥った。

「やられたんだ、誰かに」

「やられたって――」

「詳しいことは俺も知らねえ。とにかく、どっかの空き倉庫だか工場だかに閉じ込められて、脱がされて――身体《からだ》をあれされたわけじゃないらしいけど、写真を撮られたって。あいつと同じ予備校に行ってた奴《やつ》が、本人からそう聞いたらしい」

　その告白を聞いた友達の、また友達と、富沢はたまたまゲームセンターで知り合い、話を聞いたのだという。

「ほんとなのか？」

「わからねえ。また聞きの、また聞きだからな。でも、あの転校の仕方はおかしかっただろ。だから嘘じゃねえと俺は思う。だって、そんなことされたら、そりゃ引っ越すだろ。同じ街にはいられねえよ」

「誰がそんな――」

「顔は見てねえらしい」

　太い棒で胸を押さえつけられているように、息が苦しかった。夏実が強姦《ごうかん》されていないらしいのが、唯一《ゆいいつ》の救いだった。彼女は警察に届け出なかったのだろうか。相手の顔を見なかったから、届けても無駄だと思ったのかもしれない。夏実は警察に相談するかわりに、近しい友人にだけ打ち明け、転校していったのだ。

　そうか――圭介は内心でうなずいた。おそらく弥生も、夏実から話を聞いていたのだろう。親友の身に何が起きたのか、彼女は知っていた。だから圭介が夏実の欠席や転校の理由を訊ねたとき、あんなに不自然な態度になったのだ。

「富沢、いまの話、俺以外に喋《しゃべ》ったか？」

「マサキにだけな。でも、もう広めるつもりはねえよ。ゲーセンの友達にも口止めしといたし。脅し半分で。マサキも誰にも話さないって言ってた」

「俺も、聞かなかったことにする」

弥生にも、圭介のほうからは話さないほうがいいだろう。

けっきょく、噂《うわさ》は学校内に広まらずに済んだらしく、終業式が行われる金曜日になっても、夏実の一件を囁《ささや》く者は周囲にいなかった。学校という狭い世界の中では、噂というのはまったく立たないか、全体に広まるかのどちらかだ。圭介はとりあえず安《あん》堵《ど》した。夏実の身に起きた不幸を校内で最初に聞いたのが、富沢でよかった。あいつは不器用だが、誠実なところがある。

土曜日、冬休み初日の午後、圭介は弥生をアパートに誘った。弥生のショルダーバッグの中には相変わらずあの一眼レフが入っていた。お茶を飲み、弥生が何枚か圭介の写真を撮ったあと、二人は先週実行できなかったことをした。あの絵本を座卓の上に持ち出して、一ページ目からじっくりと読んだのだ。隣同士に並び、最後のページまで読み終えると、二人はまた身体を重ねた。圭介の下で、弥生は目の端を濡らしていた。理由を訊いたが、彼女は黙って首を横に振り、圭介の肩を摑んで引き寄せるだけだった。

『あたし、カメラ忘れていかなかった?』

弥生が思い詰めたような声で電話をかけてきたのは、その日の夜のことだ。九時前、そろそろ母が帰ってくるという頃合いだった。

「カメラ——?」

部屋を見回したが、弥生の一眼レフは見当たらない。声を返そうとして、その前に一応座卓の下を覗き込んでみたら、そこに転がっていた。

「あったよ。座卓の下に隠れてた」

圭介の言葉に、弥生がそっと息を吐き出したのがわかった。

『じゃ、いまから取りに行く』

「いまから? 明日でいいんじゃないの?」

明日も弥生と会うことになっていた。三つ隣の駅前にある公民館で、世界の児童書の展覧会があり、それを見る約束をしていたのだ。

『ううん、いまから行く。ごめんね、遅い時間に』

「時間はいいんだけど、今日使うの? カメラ」

『そういうわけじゃなくて――』

言い淀《よど》み、しばしの沈黙があった。それはほんの数秒だったが、その数秒の中で、彼女の沈黙がわずかに身じろぐのを感じた。言えない何かを、弥生は胸に抱えている。

「明日でいいだろ。いじったりしないから大丈夫だよ」

圭介は腕を伸ばしてカメラを引き寄せた。拾い上げてみると、さすがに一眼レフだけあって、けっこうな持ち重りがする。弥生はまだしばらく迷っているようだったが、やがて納得して電話を切った。

受話器を置き、膝の上に乗せた弥生のカメラを見下ろした。

今夜使うというわけでもないのに、どうして弥生はこれを取りに来ようとしたのだろう。

こんなに遅い時間に。

馬鹿馬鹿《ばかばか》しいことだが、そのとき圭介の頭に浮かんできたのは、かつて夏実に親しげに接されて、心が浮わついた自分だった。あんな気持ちになることが、弥生にもなかったとは言えない。――別の男の存在。その写真。並んで写った写真。想像は想像を呼び、いつしか圭介は顔を布で覆われているような息苦しさをおぼえていた。壁の時計を確認する。まだ九時にはなっていない。駅前のカメラ店は、たしか九時までは看板を出していたはずだ。

現像して、見てしまおうか。この中のフィルムに入っている写真を。もし明日弥生に咎《とが》められたら、自分の写真を早く見たかったとでも説明すればいい。どうせあとで現像する写真なのだから、いまそれをやったところで問題はないだろう。

腰を上げ、圭介は思いに押されるようにして玄関のドアを出た。自分の行動がどんな結果をもたらすかなど、そのときは考えることもできなかった。夜の空気は冷たかった。


翌日の午前十時、待ち合わせた駅前のロータリーで弥生は圭介を待っていた。よく晴れた冬の朝だった。日差しを手びさしで遮りながら弥生は笑いかけてきた。しかし圭介は笑顔を返せなかった。

ショルダーバッグの中には、弥生の一眼レフが入っていた。

「これ、返すよ」

圭介はカメラを弥生に手渡した。彼女はそれを受け取り、何か言いかけたが、圭介の表情を見てふとその言葉を引っ込めた。カメラを両手で胸の前に持ったまま、弥生はしばらく圭介を見つめ、やがてはっと息を吸い込み、素早くカメラを裏返して中のフィルムを確認した。それが入っていないことを知ると、ものすごい速さで顔を上げて圭介を見た。強い、突き刺すような目だった。

「俺は、誰にも喋らない」

唇だけを動かして、圭介は言った。

そのひと言で、弥生はすべてを諦《あきら》め、納得したらしい。縮んだ風船から最後の空気が抜けていくように、彼女は弱々しく息を吐きながらうなだれていった。子供を連れた夫婦が、楽しげな声を上げてすぐそばを通り過ぎていく。胸の前でカメラを摑んだ弥生の両手に力がこもり、指先が白くなっていった。ついで彼女は、古いドアが軋《きし》むような、細くて長い泣き声を圭介に聞かせた。前髪が震え、華奢《きゃしゃ》な両肩が震え、歯を食いしばった口のそばを涙が流れ落ち——しかし圭介は、そんな彼女に無言で背中を向けてその場を立ち去った。言葉の少ない別れだった。もう二度と口を利《き》くことはないだろうと、圭介は思った。

その日の朝一番で、圭介はカメラ店に行ってきたのだ。

ゆうべ急ぎで現像を依頼したフィルムを受け取るとき、カメラ店の店主は何かを探ろうとするような目で圭介を見た。圭介はその視線に気づかなかったふりをして料金を支払い、店をあとにした。あの目つきは何だ。フィルムを現像に出した経験がこれまでなかったから、何か自分はおかしなことをしてしまったのだろうか。常識的な手順のようなものを、間違えでもしたのだろうか。内心で首をひねりながら、受け取ったばかりの写真を袋から取り出した。一枚一枚、写真をめくっていった。

道端のエノコログサ。バスを待つ人々。笑っている圭介。セルフタイマーで撮った、圭介と弥生。わざと証明写真のようにしゃちほこばった圭介。近くの海岸まで散歩に行ったときの景色。ふざけて顎を突き出した圭介。ファストフード店のトイレから出てきた圭介。——それらが最初の写真だった。最後のほうに入っていたのは、つい昨日、圭介のアパートで撮った数枚だ。

あの三枚の写真は、ファストフード店の写真と、圭介のアパートで撮った写真とのあいだにあった。それらを目にした瞬間、圭介は周囲の景色が真っ白く消えていくのを感じた。「恐怖」や「恨み」という言葉を聞くと、いまでもそのときのことを思い出す。

一枚目——廃工場かどこからしい。画面は明るかったが、床に転がった空き缶や菓子袋に、それぞれくっきりとした影ができていることから、暗い場所でフラッシュを焚《た》いて撮ったことがわかった。そのフラッシュの中、画面のほぼ中央で、守谷夏実が目隠しをされ、ぐったりと床に転がっていた。丈の短い私服のスカートを穿《は》いていたが、それはほぼ完全に捲《まく》れ上がってしまっていた。ピントが上手《うま》く合っていないせいで、はっきりとは見えなかったが、剥き出しの両足のあいだに下着は穿かれていないようだった。二枚目――夏実がアップになって写っていた。胸がはだけている。両腕は背後に回され、腰の脇《わき》からロープのようなものの端が覗いていた。三枚目――夏実の背中だった。上半身に太いロープが巻かれ、それは腰の後ろで重ねられた二つの手首のあたりで結ばれていた。

富沢の言葉が、耳の奥に聞こえた。

――身体をあれされたわけじゃないらしいけど、写真を撮られたって。

すべてが、ようやくわかった。

夏実が性的な行為をされなかったのは当然だったのだ。目的はそんなことではなかったのだから。だいいち、しようと思っても犯人にはできなかったのだから。

――顔は見てねえらしい。

当たり前だ。顔を見られてしまったらお終《しま》いだ。相手は夏実のよく知っている人物だった。

――そんなことされたら、そりゃ引っ越すだろ。

それが、弥生の目的だったのだろうか。

高校を卒業するまで、弥生とは話すこともなかった。視界の端に、彼女の暗い視線を感じることはあったが、圭介は絶対に目を向けなかった。

圭介が理解できなかったのは、自分の弥生に対する気持ちが消えてくれなかったことだ。許すことは、もちろんできない。しかし、それでも圭介は弥生のことがまだ好きだった。一人でいると、いつも彼女の顔や声や匂いが胸を満たし、泣きたくなった。高校を卒業したあと、母親を説得して単身東京に出てきたのは、弥生のことを吹っ切るためだったのかもしれない。

あれから十四年経《た》ったいまでも、ときおり圭介は弥生を思い出す。そして、胸の隅がひどくざわつく。

（七）

カップのコーヒーはすっかり冷めていた。

顔を上げ、窓の外を見た。雨は相変わらず正面入り口のクリスマスツリーを濡らしている。それでも少し勢いは弱まったようだ。腕時計を確認すると、午後五時半。あと三十分で同窓会の集合時間だった。

弥生は、来るのだろうか。

意味もなく、鞄《かばん》から案内状を取り出してみる。湿気を吸って、少しふやけてしまっている。弥生に宛《あ》てた案内状には、どんなフルネームが書かれているのだろう。彼女はもう結婚して、別の姓になっているのだろうか。気にしても仕方のないことを、圭介はぼんやりと思った。

天井のスピーカーから聞こえる曲は、あれから何度か変わり、ワムの"Last Christmas"とアーヴィング・バーリンの"White Christmas"を経て、いまふたたび"Rudolph The Red-Nosed Reindeer"のイントロがはじまっていた。ホテルに到着してまもなく聞こえてきた、あのインストゥルメンタルのアレンジではなく、今度は男声の小気味いいボーカルが入っている。弥生とつくった一冊目の絵本を思い出しながら、圭介はその声に耳を傾けた。

コーヒーカップに手を伸ばし、冷めたコーヒーをすする。溜息を一つつき、カップをソーサーに戻そうとして——。

ぴたりと手を止めた。

考える。何もないところをじっと見詰めながら。

いま自分が思いついたことは、馬鹿げた空想なのだろうか。思い出に執着する心が生み出した、実在しないパズルの絵なのだろうか。

いや――可能性はある。

自分がいま思いついたことが事実である可能性は、けっしてゼロじゃない。確かめたい。いますぐ本人に会って確かめたい。ここで座って待っていることなどできない。圭介はそう思った。思ったときにはもう、椅子を鳴らして立ち上がっていた。コートと鞄を無造作に掴み上げると、ラウンジを出て正面玄関へと向かった。

「タクシーでお出かけですか？」

首を横に振ると、圭介を呼び止めたボーイはホテルのロゴの入った傘を手渡してきた。短く礼を言い、ガラスのスウィングドアを押してホテルを飛び出したそのとき、右手から白く強烈な光が自分の顔を照らしたのを感じた。それがタクシーのヘッドライトであることに気づくと同時に、どん、と強い衝撃を感じた。

鞄と傘が宙を舞い、視界が回転した。

濡れた地面に横たわり、圭介は、誰かが大声を上げるのを聞いた。

Rudolph The Red-Nosed Reindeer

You know Dasher and Dancer
ダッシャーにダンサー

And Prancer and Vixen,
プランサーにヴィクセン

Comet and Cupid
コメットにキューピッド

And Donner and Blitzen.
そしてドナーとブリッツェンを
知ってますね

But do you recall
でも、忘れていませんか

The most famous reindeer of all?
一番有名なトナカイの名前を?

Rudolph the red-nosed reindeer
ルドルフは赤鼻のトナカイ

Had a very shiny nose
鼻がピカピカしてるんです

And if you ever saw it
一目見ればきっとわかりますよ

You would even say it glows
ほんとに鼻が輝いてるんですから

All of the other reindeer
ほかのトナカイたちはみんなして

Used to laugh and call him names
彼を笑い、陰口を言い

They never let poor Rudolph
可哀相なルドルフを

Join in any reindeer games
仲間はずれにするんです

Then one foggy Christmas Eve
ところが、ある霧のクリスマス・イブの
ことでした

Santa came to say,
サンタさんがやってきて、言ったのです

"Rudolph with your nose so bright
「ピカピカお鼻のルドルフや

Won't you guide my sleigh tonight?"
今夜はお前がワシを先導してくれないか?」

Then all the reindeer loved him
それでみんなはルドルフが大好きになり

And they shouted out with glee,
大きな喜びの声を上げました

"Rudolph the red-nosed reindeer
「赤鼻のトナカイ、ルドルフ

You'll go down in history!"
きみは歴史に残るトナカイだよ!」

Track2: I Saw Mommy Kissing Santa Claus（ママがサンタにキスをした）

（一）

傘を閉じ、弥生は白い息をつきながら夫とともにタクシーに乗り込んだ。行き先を告げると、胡麻塩《ごましお》頭のドライバーはルームミラー越しに訊《き》いた。

「車、ホテルの正面につけますか？」

「ええ、正面のほうで」

「あいあい、正面了解」

この天気だと、海沿いの正面入り口にはタクシーが並んでしまっているかもしれない。しかし弥生は、そこにあるクリスマスツリーを見たかった。雨の中で曖昧《あいまい》になった電飾の光が、きっと綺麗《きれい》だろう。感情的な面だけでなく、そういった視覚的な刺激は仕事にも役立つので、なるべく目におさめるようにしていた。

高校を卒業後、弥生はデザイン事務所のアルバイトを経て、いまはイラストレーターとして一本立ちしている。仕事は主に本の装丁や挿絵で、大忙しというほどではないが、ここ数年は順調に依頼の数が増えてきていた。

いつか見た夢の中で、弥生は生きているのだった。

タクシーは大通りへと滑り込む。手首を返して腕時計を覗《のぞ》くと、午後五時二十分。同窓会の開始時刻は六時。ここからホテルまでは、車で十分ほどの距離だ。

「ちょっと早すぎたかな」

弥生は夫の顔を見る。夫は、彼女がスカートの上に置いた右手に、左手を重ねた。

「ラウンジでコーヒーでも飲んでいればいい。もしかしたら、ほかにも早めに来てる連中がいるかもしれないしね」

弥生は掌《てのひら》を上に向けて指を絡《から》め、窓の外に目をやった。日はすっかり暮れ、窓ガラスについた水滴が対向車のライトを映している。

「富沢くんから来た同窓会の案内状、宛名《あてな》が正木《まさき》弥生様になってた」

思わず頬をほころばせると、夫は小さく笑った。

「間違いじゃないだろ?」

「そうだけど——富沢くんがその宛名を書いたと思うと、なんだか照れくさくって」

弥生が結婚したのは、今年の夏のことだ。役所に届け出をし、安いワインを買ってきて二人で乾杯をしただけの、簡単な結婚式だった。姓が変わってから伸ばしはじめた髪は、もう肩を過ぎている。

タクシーが赤信号で停まった。ワイパーの動く単調な音だけが車内に響き、エアコンの熱で頭がぼんやりした。ドライバーが声を立てずに欠伸《あくび》をしたのが、気配でわかった。

「ラジオでもつけますか？」

すでにスイッチに手を伸ばしながらドライバーが訊く。眠気覚ましに、自分がつけたいのかもしれない。弥生がどうぞと答えると、彼はラジオのスイッチを入れ、選局ボタンを三つほど順繰りに押し、ジャズ調のピアノのイントロが聞こえてきたところで手を止めた。

はじめは何の曲だかわからなかった。しかしピアノのリフがリズムを刻み、英語の女性ボーカルが入り込んできたとき、弥生は思わず口の中で小さく声を上げた。

懐《なつ》かしい、あの曲だった。

「この曲、英語と日本語で、歌詞がちょっと違うんですよね。大学に行ってる息子が教えてくれましたよ」

I Saw Mommy Kissing Santa Claus

I saw Mommy kissing Santa Claus
ゆうべ僕は、ママがサンタに
キスをするのを見たんだ

underneath the mistletoe last night.
ヤドリギの飾りの、その下で

She didn't see me creep down
the stairs to have a peep.
きっとママは、僕が忍び足で
階段を下りていったのを知らなかったのさ

She thought that I was tucked up
in my bedroom fast asleep.
僕がベッドでぐっすり眠ってると思ってたんだ

Then I saw Mommy tickle Santa Claus
ママはサンタをくすぐってたよ

underneath his beard so snowy white.
雪みたいに真っ白な、あごひげの下を

Oh, what a laugh it would have been
ママがサンタにキスをしたなんて

If Daddy had only seen Mommy
kissing Santa Claus last night!
もしパパが見たら、面白かったのにな！

ドライバーがルームミラー越しに言う。声にちょっとした自慢が滲《にじ》んでいる。弥生は静かにうなずき、スピーカーから聞こえる曲に耳を澄ました。——そう、この曲は原詩と日本語訳で、内容が違っているのだ。

ずっと昔、幼稚な夢を重ねるようにしてつくったあの絵本。『リンゴの布ぶくろ』のつづき、『光の箱』というタイトルの、大切な物語。あれは、英語版の歌詞を下敷きにして書いてあった。

「日本語だとほら、最後に『そのサンタはパパ』ってオチがついてますけど、英語のほうは違うんです。最後まで主人公の男の子は、サンタクロースの正体に気づかないんですよ」

上機嫌でドライバーは話し、そこでいったん言葉を切ってから、僅《わず》かに首をひねった。

「どっちがいいんでしょうねえ？」

弥生は曖昧に首を振った。

隣で夫が、小さく息をつくのが聞こえた。

（二）

圭介と出会ったのは、中学校の入学式の日だった。

式のあと、生徒たちはそれぞれの教室に移動するよう指示され、賑《にぎ》やかに喋《しゃべ》りながら体育館を出ていった。その中で、一人だけ遅れて歩いている男の子がいた。はじめは、足でも痛いのかと思ったが、違うようだ。どうやら彼はわざとゆっくり歩いているらしい。なんとなく気にはなったが、けっきょく弥生はそのまま体育館を出た。

校舎に入って一階の廊下を抜け、階段を上りかけたとき、後ろで何か短い声が上がった。振り返り、階段の下に目をやると、廊下の壁際《かべぎわ》にうずくまっている男の子が見えた。さっきの子だった。

彼の両目を見て、弥生は息を呑《の》んだ。

知っている目だった。見たことのある目だった。鏡の中で。写真の中で。感情を、どこか別の場所に閉じ込めてきた目。薄い膜が一枚張られたような目。

それから弥生は、同じクラスの圭介のことがとても気になるようになった。

彼はクラスメイトたちから毎日のように暴力を振るわれていた。それは徐々にエスカレートしていき、ある危険な一線を越えそうになったかと思うとまた大人しいものに変わり、それがふたたびむごさを増していき——彼はクラスメイトたちに、長い時間をかけてなぶられているようだった。そうされながら、圭介はいつも、あの目をしていた。

話をしてみたかった。しかしそれが、弥生には怖かった。かろうじて均衡を保っている自分の心が、同じ目をした彼に近づくことで、バランスを失って壊れてしまうのではないか。そんな気がした。

弥生が圭介と初めて話をしたのは、秋の終わりだった。落ち葉が散った放課後の歩道で、弥生は圭介に自分の描いた絵を見せた。辛《つら》さを忘れるために描いた絵。壊れそうな自分の心を、なんとか支えるための絵。

その翌日から、弥生は圭介のアパートに通うようになった。圭介の書いたクリスマスの物語を、二人で絵本にしようと決めたのだ。『リンゴの布ぶくろ』というタイトルのその物語には、圭介の寂しい気持ちが詰まっているようだった。弥生は思いつくまま、頭に浮かんだイメージを画用紙に描いていった。思い出すと、いまでも胸が締めつけられるほど、嬉《うれ》しくて、哀《かな》しい日々だった。圭介のアパートで、出してもらったお茶を飲み、ときおりぽつぽつと話をしながら絵を描いていると、嫌なことはすべて忘れられた。一人で色鉛筆を動かしているときよりも、ずっとたくさん忘れられた。だからこそ、家に帰り、それを思い出したときの痛みは大きかった。

二人の絵本が完成すると、圭介はまた新しい物語を書き、弥生にプレゼントしてくれた。男の子からもらった最初のクリスマスプレゼントだった。読ませてもらった『光の箱』というタイトルの物語の中に、もう彼の寂しさは感じられなかった。明るくて、陽気で、夢のある話だった。そのことが弥生には嬉しかった。

『光の箱』は、やがて二人の二冊目の絵本になった。いまでもそれは、自宅の本棚の隅にひっそりと置いてある。

高校に入ると、新しい趣味と親友ができた。

カメラ、そして守谷夏実だった。

カメラと夏実との出会いが、自分をどんな出来事に導くことになるのか、そのときの弥生にはもちろんわからなかった。もしわかっていたなら、カメラなどには手を触れようともしなかっただろうし、夏実にも近づかなかっただろう。

夏実とはたくさんの話をした。学校で。電話で。急に家に遊びに来たことも何度かある。弥生は彼女が好きだった。見ているだけでも、話を聞いているだけでも楽しかった。夏実は弥生と正反対の性格をしていて、とても外向的で、何かに興味を持つと、少しのためらいもなく即座に近づいていった。それが物であっても、人であっても。

夏実が圭介と親しげに話すようになったのは、いつの頃からだったろう。人前で彼に呼びかけるときは名字だった。しかし二人だけのときは圭介くんと呼んでいた。夏実は上手に隠しているつもりでも、弥生は知っていた。夏実は男の子のような、さばけた性格だったから、女の目が、耳が、どんなに敏感であるかを知らなかったのかもしれない。

夏実が器用に圭介の呼び方を変えていることを知ってから、弥生の胸の奥に黒いものが生まれた。面と向かって彼女と話すときには楽しい気分でいられるが、一人になったとき、頭にこびりついた夏実の残像を、暗い目で睨《にら》みつけるようになった。そんなとき、弥生は自分の中の女が嫌だった。

（三）

あの出来事が起きたのは、二年次の冬、終業式を迎える少し前のことだ。

金曜日——圭介と書店めぐりをし、ファストフード店でハンバーガーを食べ、弥生は家路についた。時刻はもう八時を回っていて、駅から離れた路地は暗く、人影もなかった。白い息を吐き、自分の足音だけを聞きながら歩いていると、丁字路に差しかかる直前に、目の前の道を夏実に似た人影が右から左に横切るのが見えた。あれ、と思って弥生は足を速めたが、人違いかもしれないので声はかけなかった。丁字路まで行き着き、相手の後ろ姿を見ると、やはり夏実のようだ。弥生は呼び止めようとして唇をひらきかけ——ためらった。

圭介と会ったあとに夏実と口を利《き》くのが、何故《なぜ》だか悔しく思われた。冷たい風が吹き、結んだ唇を撫《な》でていった。そこには、別れ際に軽く合わせた圭介の唇の感触が、まだ残っていた。

路地の角で弥生が立ち止まったままでいると、右手から男が歩いてきた。闇《やみ》の中にぼんやりと見えるその姿に、弥生ははっとした。コートのポケットに両手を突っ込んだ、猫背のその男は、暗い色のニット帽を被《かぶ》り、眼鏡をかけ、淡色のマフラーを、まるでたくわえた髭《ひげ》のように顎《あご》の周りに巻きつけていた。その男の横顔と、後ろ姿を、弥生は息をつめて見送った。

気のせいだろう。

そう考えて、ふたたび家路をたどった。

家に帰ると、母が居間でレース編みをしていた。母は弥生の帰宅に、暗い目と、溜《ため》息《いき》のような吐息でこたえた。母のレース編みは、かつて弥生が部屋で画用紙に描いていた空想画と同じだった。現実を遠ざけるための手段。逃げる場所がないから、せめてその場所があるようなふりをする手段。

廊下の先にある、店の明かりが消えていた。

「お父さんは？」

弥生が訊くと、母はのろのろとレース針を動かしながら、息で薄められた声を返した。

「仕入れ業者さんのところへ行ったわ。急に、食事に誘われたんですって」

「そう……」

胸騒ぎがしたが、敢《あ》えてそれを無視して弥生は自室に上がろうと階段へ向かった。一段目に足をかけたところで、母が言った。

「さっき、あなたのお友達が来たわよ。何度か来た、髪の長いあの子」

「夏実？」

「そう、夏実さん。近くに来たから寄ってみたんですって。でもあなたがいないから、ちょっとお店のほうをのぞいて、帰っていったわ」

無意識のうちに、弥生は階段に乗せた足を下ろしていた。そして気がつくと玄関で靴を履き、ショルダーバッグを持ったままドアを飛び出していた。

いまでも、弥生はときおり考える。
もしあのとき自分が気づかなければ、どうなっていたのだろう。英語のクリスマスソングの少年のように、顔を隠したあの男が、自分の父親だということに気づかなかったとしたら。

夜の路地を急ぐ弥生の頭には、幼少期からの忌《い》まわしい思い出が、まるで早廻しの映画のように映し出されていた。ときおりノイズを交えながら、大きな画面一杯に。
最初におかしいと感じたのは、小学三年生の夏だった。父はどうして私の裸を写真に撮るのだろう。どうして足を広げさせるのだろう。「美しい」って何だろう。しかしそんな疑問を口にしたのは一度きりだった。弥生がそれを訊《たず》ねた日の夜、母がいつもよりひどく顔を殴られていた。廊下の暗がりからそれを見ていた弥生は、いま行われている母への暴力と、自分が父へ投げかけてしまった疑問と、それに曖昧に答えたあと、ふと澱《よど》んだ目で空気を睨みつけた父とを、頭の中でつなぎ合わせた。それはほとんど本能的なものだった。具体的に何がどうつながっているのか、そのときの弥生にはわからなかった。しかしそれらが互いに関係し合っていることは理解できた。そして、もう二度と自分はあの質問をしてはいけないのだと思い知った。

母への暴力がはじまったのは、弥生が写真を撮られはじめた小学一年生の頃だ。酒と不摂生がたたり、父は四十を前にして糖尿を患《わずら》っていた。もちろん当時の弥生は糖尿などという病気は知らなかったし、夜中に階下から聞こえてきた言い争いの中で、父が吐き捨てるように自らのことを「役立たず」と言っていた意味もわからなかった。糖尿によって、父が機能不全に陥っていたと母に打ち明けられたのは、大人になってからのことだ。

母は無抵抗だった。いつも、父の手の動きに合わせ、頭をがくん、がくん、と動かしているだけだった。両目は、薄い膜がかかったように、ぼんやりとしていた。その目と同じ目を、弥生が鏡の中に見つけたのは、中学校に入学した頃のことだ。

母と弥生と圭介。みんな同じ目をしていた。

父の前で、弥生は相変わらず服を脱いでいた。自分の中に芽生えつつあった女に、必死で気づかないふりをして、しゃがみ、膝《ひざ》を抱え、足をひらいた。そのことについて、父にも弥生にも何も言わない母が憎かった。嫌いだった。知ってるくせに。知ってるくせに。

――知ってるくせに。

しかし、母に訴えることなどできなかった。そうしようと考えただけで、これまでいちばんひどく殴られていたあのときの、あえぐような母の息づかいが耳の奥に聞こえた。

弥生の心が解放されるのは、画用紙に向かい、幼稚園の頃から好きだった絵を描いているときだけだった。その時間だけを頼りに毎日を過ごしていた。

初めて弥生が父に抵抗したのは、中学を卒業する直前のことだ。いつものように弥生の部屋に上がってきて、カメラをケースから取り出そうとする父に、弥生はしばらく前から用意していた言葉を突きつけた。もう自分はあなたに身体《からだ》を見せない。母のことも殴らせない。それができないのなら、自分は死ぬ。

母のための抵抗だった。自分のための、そして圭介のための抵抗だった。

初めて見る相手のように、父は部屋の反対側から弥生を見つめていた。長い時間だった。弥生の足が震えた。唇が震えた。もう立っていられないと思った。――そのとき父の表情が動いた。粘土を歪《ゆが》めたように、両頬をぐにゃりと持ち上げて、父は笑った。そして、何も言わずに部屋を出ていった。

その日から、母への暴力は止まった。弥生が写真を撮られることもなくなった。しかし、それからの父のほうが弥生は怖かった。父はいつも、深い深い、どこまでもつづく穴のような目をしていた。そしてその穴の中には、岩の割れ目から噴き出した毒ガスみたいに、真っ黒なものが充満しているのだった。母もそれを感じていたのだろう。暴力はやんでも、母の両目から逃避の薄膜が剝《は》がれ落ちることはなかった。

何度も路地を曲がり、弥生は夢中で夏実と父の姿を捜した。息が切れた。焦《あせ》りと困惑で、ものを考えることができなかった。膝がぐらつき、傍らのコンクリート塀に手をついた。うつむくと、冷え切った頰を涙が流れ落ちた。

叫び声のようなものを聞いたのはそのときだった。

顔を上げると、宵闇の奥、目で確認できるぎりぎりの距離に父の後ろ姿があった。背中を丸め、路地の向こうへと消えていく。弥生はコンクリート塀に沿って歩を進めた。しばらく行くと、塀に切れ目があり、錆《さ》びた鉄の門扉《もんぴ》が据えられているところへ行き着いた。父はいま、ここから出てきたのだろうか。

試みに、門扉に手をかけて引いてみた。氷のような手触りの門扉は、叫び声のような音を立ててひらいた。先ほど聞いたのは、この音だったらしい。弥生は門扉の隙間《すきま》を抜けてあたりを見回した。憶《おぼ》えのある場所だった。そこは廃工場で、以前は金属加工業者が使っていたのだが、弥生が中学に入った頃に操業をやめていた。弥生は工場に近づいて入り口を探した。それはすぐに見つかった。両開きの扉は片方の蝶番《ちようつがい》が壊れて傾き、鍵《かぎ》はかかっていなかった。

「夏実――」

扉を抜け、呼びかけた。真っ黒な油を流したような闇だった。返事はない。弥生は手探りで闇の中を進んだ。靴先が何かを蹴飛《けと》ばした。金属の部品か、工具のようなものだったらしく、コンクリートの床の上を、それらしい硬質の音が転がっていった。

「夏実」

もう一度、呼びかけてみた。やはり返事はない。目の前には無言の暗闇が広がっているだけで――。

いや、微《かす》かに声がした。

しかしそれは弥生の呼びかけに答えるものではなかった。意図的に発したものでもなく、閉じた口から洩《も》れ出たものだった。泣き声。すすり泣きの音。

「夏実！」

叫んでみたが、暗がりから返ってくるのは、やはりすすり泣きばかりだった。それでも方向だけはなんとか見当をつけることができた。両手を前に突き出し、両足で床をこするようにして、弥生はそちらに進んでいった。使われなくなった、大きな機械たちの輪廓《りんかく》が、周囲で真っ黒く浮き立っていた。夏実はどこにいるのか。そう遠い場所ではない。だんだんと近づいている。正面だ。おそらく真《ま》っ直《す》ぐ正面に、夏実はいる。泣き声はそちらから聞こえてくる。しかし正確な場所はわからなかった。懐中電灯。ライター。弥生は何も持っていない。

そのとき、手探りで前進する弥生の肩から、ショルダーバッグがずり落ちそうになった。咄嗟《とっさ》に持ち手を摑《つか》むと、バッグの中の硬い感触が腰にぶつかった。——カメラ。そうだ、自分はいまカメラを持っている。

弥生はそれを取り出して胸の前に構えた。両目を見ひらき、ごくりと唾液《だえき》を呑み下し、小刻みに震える指でシャッターを切った。トナカイの鼻のように、カメラのフラッシュは前方の景色を明るく浮かび上がらせた。一瞬で消えたその景色の中——自分の正面に、弥生は夏実の姿を認めた。縛られた夏実。絶対に人に見られたくない恰好《かっこう》をさせられた夏実。

頭に焼きつけたその場所まで、弥生はゆっくりと進んだ。やがて、すぐそばに夏実が横たわっているのがぼんやりと見えてきた。弥生は屈《かが》み込み、彼女の身体に触れた。その瞬間、夏実の泣き声は堰《せき》を切ったように高まった。弥生が呼びかけても、彼女はただ声を放って泣くばかりだった。

彼女の両腕を縛りつけたロープをほどかなければならない。しかし、そのロープがどこでどう結ばれているのかがわからなかった。両手で探ってみたが、それは幾重にも巻かれていて、結び目の場所がはっきりしない。

「ごめんね……ごめんね夏実……」

弥生はふたたびカメラを構え、シャッターを切った。

目の前に瞬間的に浮かび上がったロープの様子を、弥生はしっかりと確認した。身体の前に結び目はない。弥生は夏実の背後に回り込み、最後のシャッターを切った。腰の後ろで重ねられた手首のあたりに、結び目はあった。弥生は夏実と同じくらいの声で泣きながら、必死でそれをほどいた。自分のせいだ。自分のせいで、こんなことになった。


真っ暗な廃工場の片隅で、弥生は夏実にすべてを話した。夜道で夏実と男を見かけたこと。しかしそのときは、男が父だとは思わなかったこと。自宅で母に話を聞き、家を飛び出したこと。父の性癖。自分が中学校時代までされていたこと。

夏実は、父のことは警察には届けないと言った。警察官にあれこれ訊かれるのは耐えられないからと。彼女はほどかれたロープを摑み上げ、それでいきなり弥生の顔面を打った。そして、汚れた床に倒れ込んだ弥生に、学校でもどこでも、二度と自分を見るなと言った。

夏実はそれからすぐに転校した。担任教師が教室で説明した「引っ越し」というのは嘘《うそ》だった。何度か、弥生は彼女のマンションの前まで行ったことがある。夏実は家族とともにそこに住んでいた。一度だけ、別の学校の制服を着て建物を出てくる夏実を見た。

以来、彼女とは会っていない。

圭介に写真を見られてしまったとき、弥生は何も言うことができなかった。中学校時代までの出来事を、圭介にだけは打ち明けられなかった。だから、ただうつむいて、別れを受け入れるしかなかった。

夏実が写ったフィルムを、カメラから抜いて処分しておくべきだった。自分の馬鹿《ばか》さ加減に、弥生は何度泣いただろう。しかし、できなかったのだ。夏実の写真よりも前に撮った圭介のスナップを、捨てることになるのが哀しかったから。かといってフィルムを店の現像機にかけてしまえば、夏実の姿までネガになってしまう。それが一瞬でも自分の目に入るのが、弥生は怖かった。どうすればいいのかわからず、けっきょくフィルムはあのカメラに入れたままでいた。それを、圭介が現像し、見てしまった。

父には何も話さなかった。心の中で、弥生は父を消し去り、高校を卒業するまでの日々を過ごした。そして東京へ出た。毎日の夕陽が、海の向こうではなく、高い建物の陰に隠れて消えるのが哀しかった。つぎに父の顔を見たのは、つい五年ほど前のことだ。そのとき父は、頬がこけ、肌が白く、木の箱に入っていた。死に際《ぎわ》、父は誰の名前も呼ばなかったらしい。

（四）

「――どうした？」

夫に呼びかけられ、弥生は顔を上げた。

知らないうちに、頬が涙で濡《ぬ》れていた。タクシーはもうホテルのほど近くまで来ている。運転席のラジオはとっくに別の曲に変わっていた。

「ごめん、大丈夫」

「でも――」

「ほんとに平気。何でもないから」

弥生はバッグからハンカチを取り出して頰に押し当てた。ドライバーが左にウィンカーを出し、車はホテルの正面ゲートへと滑り込む。窓の水滴と、涙で、ゲートの脇《わき》のクリスマスツリーが眩《まぶ》しかった。

「お客さん、お加減でもお悪いんですか?」

首を伸ばし、ドライバーがルームミラー越しに弥生を見る。

「もしあれでしたら、ホテルの売店に薬も売ってますよ。といってもまあ、そんなに種類は——」

「おい、前!」

夫が叫んだ。

「え」

瞬間的な、重たい衝突音。それとほぼ同時に、甲高いブレーキの音が響き渡った。声も出せず、弥生は息をつめてフロントガラスの先を見た。

ホテルのロゴが入った傘が、宙に浮いていた。

現実ではないような、奇妙な光景だった。傘は、やけにゆったりとした動きで揺れながら、揺れながら、揺れながら、濡れた地面に落ちていった。そこには一つの人影が倒れていた。背中のあたりが、不自然な角度に曲がり、ぴくりとも動かない。周囲から人が集まってくる。運転席で、両手で口を押さえながら、ドライバーが何か聞き取れないことをつづけざまに呟《つぶや》いていた。大きなクリスマスツリーの電飾が、地面に投げ出された傘と人影を、順繰りに色を変えながら照らしていた。

光の箱

「まだ眠たくないよ」

「夜ふかしする悪い子には、サンタさんがプレゼントを持ってきてくれないのよ」

お母さんは少年のあごの下まで、あたたかい布団《ふとん》をひっぱり上げました。

「さ、おやすみなさい」

子供部屋の電気を消し、お母さんは廊下へ出ていきます。ドアが閉まり、とんとんと階段を下りる音が遠ざかっていきました。少年が枕《まくら》の上で首をひねり、カーテンの隙間《すきま》から暗い窓の外を見ると、細かい雪がちらちらと舞っていました。

なんだか今夜は、とても奇妙な予感がします。

その頃、階下では、お父さんが夕食の残りのチキンをつまみながらワインをちびりちびりと飲んでいました。階段を下りてきたお母さんを振り返り、お父さんはたずねます。

「あの子は寝たかい？」

「ええ、やっと――あら、あなたまだ飲んでるの？」

「だってお前、サンタは赤い顔をしていなきゃ」

「大事なお役目を果たす前に、うたた寝なんてしないでね」

「大丈夫さ、ほーほーほー」

「いやね、もう……」

☾★

「ホーホーホー！　トナカイや、いまどのあたりだね？」

「凍えるソビエト連邦を過ぎて、羊が眠るモンゴル高原を越えて――いまちょうどニッポンの上空です」

「よし、じゃ降りてみよう。金色の天使や、ニッポンの地図を出しなさい。それから銀色の天使や、リストをチェックしてくれるかい？」

「あ、サンタさん。すぐ下に、リストに載ってる家が一軒ありますよ。ほら見えてきた、あの二階建ての家」

「近場から済ませるか。トナカイや、あすこに行ってくれ」

「アイアイサー」

ぐんぐんぐんぐんぐん！　目指す家の明かりがみるみる目の前まで近づいてきたかと思えば、ソリはあっというまに屋根の上に降りていました。

「よっこらせ、と」

サンタさんはソリの荷台に積んだ袋の中から、小さな箱を取り出しました。それは、真っ白で、フタの端からきらきらと光がもれています。サンタさんは手なれた仕草で箱を頭の上に放り投げました。その瞬間、箱は空中でばらばらになり、中からあらゆる色の光が飛び出しました。

「一丁あがり。さあ、つぎ行ってみようか！」

「アイアイサー！」

トナカイが屋根の雪をけると、ソリはものすごい勢いで浮き上がり、まばたきをするあいだにも、もうはるか上空を突き進んでいました。

少年はぐっすりと眠っていました。ですから、階下の柱時計が十一時を打つ音にも、それが合図ででもあるように階段を上ってきた足音にも気づきませんでした。

少年のベッドに忍び寄った、赤い服の人物は、枕元に何かをそっと置きました。白い紙と緑のリボンできれいにラッピングされた箱です。赤い服の人物は、そのまま十秒くらいのあいだ、少年の寝顔をじっとながめていました。そして、むふふと笑ったのです。

「……メリークリスマス」

そうつぶやくと、赤い服の人物はゆっくりとベッドからはなれ、ドアを出て行きました。

そのときです。

窓の外から突然、まばゆい光が流れ込んできました。その光は子供部屋の隅々を、ぱっと明るく照らし出し、あまりのまぶしさに、少年を夢の世界から引っ張り起こしました。

いったい何事かと、少年はあわててベッドに起き上がります。しかし、目をしょぼつかせて部屋の中を見渡したときにはもう、窓から流れ込んできた光は、すっかり消えていました。

「なんだ、いまの?」

少年は、部屋のドアが少しだけあいていることに気がつきました。そこから廊下の明かりがもれ入ってきています。あれがまぶしかったのかな――少年はそう思い、ベッドから下りて、ドアのほうへ歩いていきました。

そして少年は見たのです。

ドアの向こう側、真っ赤な服を着た人物が、抜き足差し足で静かに階段を下りていくのを。

「あれは……」

少年の心臓は、もうドキドキでした。明日の朝いちばんで、学校でいっしょにこっそり子猫を飼っている友達に、たったいま自分が目撃したものについて報告しなければいけないと思いました。いったいどんな感じで説明すればいいだろう。寝ぼけた頭で懸命に考え――いえ、実際はそれほど懸命に考えている時間はありませんでした。あの赤い服から連想されるものが、もしや自分のベッドの枕元に置かれているのではないかと思いついたからです。少年は急いでベッドに戻りました。するとそこに、ラッピングされた箱がありました。

「これは……」

まさか。まさか。まさか。

そのまさかでした。少年が大急ぎで箱に巻かれた緑色のリボンをほどき、白い包み紙をはがし、箱をひらくと、中に入っていたのは彼がずっとほしかった——。

「色鉛筆！　四十八色！」

スプリングのきいたベッドの上で、少年は色鉛筆のケースを抱えて小おどりしました。

「お礼だ！　お礼——」

そして少年はドアを出て、先ほど赤い人物が下りていった階段を、自分も下りていったのでした。

「大丈夫だった？」

お母さんは小声でたずねました。

「うん、気づかれなかったよ、ぜんぜん」

赤い服を着込んだお父さんは、そう言って大きく伸びをしました。そのはずみで、あごにたらしたつくりもののヒゲが揺れます。

「さてと。つぎは――」

お父さんは赤い上着のポケットをごそごそ探りました。

「つぎって?」

「いいから、いいから」

ごそごそ。ごそごそ。お父さんは何かを一生懸命に探しています。いえ、あれはきっともったいぶっていたのでしょう。なにしろポケットはそんなに大きくはありませんでしたし、中には先週買っておいた木製オルゴール以外には何も入っていなかったのですから。

「……お!」

予定どおり、いまやっと見つけたという顔をして、お父さんはそのプレゼントを取り出しました。

「はいこれ」

「わたしに?」

「そうきみに」

　お父さんは言いました。

「そんなに高いものじゃないんだ。ボーナスもあまりもらえなかったし、今年は暖房も買い換えたしね。でもほら、プレゼントはそもそも値段じゃないっていうか、気持ちだと思う。だからべつに高いからといって価値があるとは言い切れないし、安いからダメってわけじゃない。いや、ダメな場合もあるかもしれないけど、真面目《まじめ》に探して選べばその確率もちょっとは減ってくれる。そんな気がするよ」

　ぺらぺらとしゃべるお父さんから、お母さんはオルゴールを受け取りました。そしてそれを両手であたためるように、胸に抱きました。

「ごめんね、安くて」

　そうしめくくった言葉にこたえるかわりに、お母さんはサンタさんの白ヒゲを指先で少しよけて、そこに自分の顔を近づけたのでした。

　しばらくのあいだ、二人は何も言いませんでした。

　柱時計の音が、静かに響いていました。

　それからお母さんは、お父さんの白ヒゲを、からかうようにくすぐりました。そして二人して、小さく笑い合ったのでした。頭の上には、この前デパートで買ってきたヤドリギの飾りが、電灯の光をうつして輝いています。

階段の手すりから顔をのぞかせて、少年が、そんな二人の様子をじっと観察していたことを、もちろんどちらも知りません。

二人の会話が聞き取れなかったものですから、少年は、それは興奮した顔をして、こんなことをつぶやいたのでした。

「これをお父さんが見たら、面白いことになるぞ……」

☪

鈴の音をひびかせて、サンタさんの一行は、あっちの屋根、こっちの庭、アパートのベランダ、河原の橋の下へと大忙しです。ソリの荷台にのせられたたくさんの袋のうち、「ニッポン」と書かれた袋は、もうだいぶ小さくなっていました。

「さあさあみんな、もうひと息だ。金色の天使や、配りもれはないかい？　銀色の天使や、リストのチェックは完璧《かんぺき》だね？　ところでトナカイ、ホァット・タイム・イズ・イット・ナウ？」

「イッツ・イレブン・サーティです」

「おっと、こりゃまずい。ちょっと急ごうか」

「イエッサー！」

　速度を上げたソリから振り落とされないよう、しっかりとサンタさんの右肩につかまりながら、金色の天使が言いました。

「ねえねえサンタさん、そういえば、今夜こそサンタさんにきこうと思っていたことがあったんです」

「なんだ、あらたまって？」

「あのですね。いつもサンタさんが配ってるその箱なんですけど、ゆかいなオモチャが入っているわけでもないし、甘いお菓子が入っているわけでもないし、お金が入っているわけでもない。ただ変な光が出るだけですよね。いったいサンタさんは、世界中のみんなに、何を配ってるんです？」

　金色の天使の質問を聞いたとたん、サンタさんは大声で笑いました。

「おいおいおい、お前はいままで、自分がなんのためにこんなことをしているのか、知らなかったのかい？　銀色の天使や、お前ひとつ、相棒に答えを教えてやってくれよ」

「あの……それが、じつは僕も今夜、サンタさんに同じことをきこうと思ってたんです」

かあぁぁ、とサンタさんは頭を振りました。

「なんてこった。ほんとうかい？——ねえトナカイ、お前はもちろん知ってるよね、我々が世界中に配っているこのプレゼントの中身を？」

「はい、サンタさん」

トナカイは得意げに答えました。

「わたしたちが配っているこのプレゼントが、人々にとってどれだけ大切なのかを知っているからこそ、毎年毎年こうして寒い中を頑張っているんです」

「よし、さすがはトナカイだ。して、答えはいったい何だね？　その名前を言ってみてはくれんかね？」

サンタさんは、トナカイが正しい答えを言うことを知っていました。サンタさんとトナカイとは、サンタさんがその昔、白ヒゲのおじいさんとしてこの世に生まれたそのときから、ずっといっしょだったからです。

トナカイは大きく一回うなずいて答えました。そしてそれは、やはりサンタさんが納得するような、正しいものでした。

「わたしたちが配っているのは、オモチャでもお菓子でも、お金でもありません。オモチャはやがて飽きてしまいます。お菓子はやがてなくなってしまいます。お金は人をみにくくさせます。そんなものは人間にとって必要のない、まったく必要のないものなのです。人間にとって本当に必要なものは、本当に大切なものは、いつまでも飽きることのない何か。いつまでもなくならない何か。そして、自分がこの世に一人ぼっちではないということを信じさせてくれる何かなのです。もし、わたしたちが配っているこのプレゼントがなかったなら、人間は、生まれて死ぬ、ただそれだけの生き物でしかなかったことでしょう。憎み合って、戦って、自分だけが生きのびようとする、ただそれだけの生き物でしかなかったことでしょう。だから、わたしたちはみんなにプレゼントを配るのです。わたしたちが配っているこのプレゼントには、ちゃんとした名前がありません。名前なんて必要ないからです。人々はこれを、幸せとか、愛とか、驚きとか、喜びとか、思い出と呼んでいます」

「ホーホーホー、そのとおり!」

サンタさんが声を上げました。金色の天使も、銀色の天使も、はっとしてトナカイの顔を見直しています。

そして、サンタさんは大きく口をあけて笑いました。

「さあさあ、あらためて——メリークリスマス！」

「メリークリスマス！」

街は真っ白です。家々の窓の明かりが、雪のあいだで星のように輝きます。頭の上に広がっているのが宇宙なのか、足の下できらめいているのが宇宙なのか、きっと誰にもわかりません。聞こえてくるのはたくさんの歌です。今夜は世界中に、たくさんの歌がひびきます。

「メリークリスマス！」

Bonus track: Silent Night（きよしこの夜）

六時まであと十五分という頃になると、ホテルのロビーにだんだんと見知った顔が集まりはじめた。その一人一人と笑顔で言葉を交わし合いながら、弥生はときおり正面ゲートのほうを振り返った。

さっきのドライバーは大丈夫だろうか。自分がよそ見をさせてしまったせいで、あんなことになってしまい、申し訳なかった。

「あの運転手さん、どうなるのかしら」

小声で言うと、夫が小さく笑った。

「まあ、ホテルには弁償しなきゃならないだろうな」

「あれ、きっと高《たか》価いわ」

「傘までくっつけて、わざわざ濡《ぬ》れないようにしてあったくらいだからね」

あのプラスチック製のサンタクロースは、片方の手に袋を担《かつ》ぎ、もう片方の手にはホテルのロゴが入った傘がくくりつけてあった。その横っ腹に、タクシーが勢いよく突っ込んだのだ。

「たしか、去年もそうだったな。あのサンタクロース、やっぱり傘をさしてたよ」

言ってから、夫はふと難しい顔になり、ジャケットの腕を組んだ。

「あの場所、もしかして縁起が悪いのかもしれない」

「縁起が——？」

どういうことだろう。意味を訊《き》こうとしたが、その前に弥生は思い出した。去年の同窓会の日、夫はあの同じ場所で、サンタクロースと同じような災難に遭って地面に転がったのだ。もっともそのとき彼にぶつかってきたのはタクシーなどではなく、宿泊客の荷物を載せた台車だったらしいが。

「あのときのボーイさんも、上司にえらく怒られてたな」

「じゃあ、みんなにとって縁起が悪いのね。ボーイさん、タクシーの運転手さん、あなた、サンタクロース——」

一年前、夫が自分の実家にやってきたときのことを弥生は思い出す。

あれには驚いた。一人でカメラ店の経営をつづけている母が、少々身体《からだ》を壊していたので、弥生は同窓会の前日から実家に泊まっていた。出かける準備をし、すっかり老《ふ》け込んだ母と居間でお茶を飲みながら、ぽつりぽつりと昔話をしていたところに、圭介が突然玄関の呼び鈴を鳴らしたのだ。

圭介が東京で童話作家になっていることは、以前から知っていた。卯月圭介というペンネームを最初に雑誌で見かけたとき、もしやと思い、付き合いのある編集者を通じて本名を調べてもらったのだ。やはり卯月圭介というのは、あの懐《なつ》かしい正木圭介だった。卯月——いまの四月は、旧暦でいうと三月——つまり弥生だ。それをペンネームに選んだと知ったとき、もしかしたら圭介は、心のどこかに自分を残してくれていたのかもしれないと思い、嬉《うれ》しかった。ただの偶然だとしても、心が温かくなった。

圭介と連絡を取ってみたいと思ったことも一度ならずあった。しかし、あの事件の真相を弥生のほうから打ち明けることができない以上、拒絶されるだけだ。だから弥生は、圭介の本や、彼のインタビューなどが掲載された雑誌を、あの懐かしい絵本の隣に並べ、ただ眺めるだけの日々を送っていた。

ところがあの事件のことを切り出したのは、同窓会の日に思いがけずやってきた圭介のほうだった。彼は矢継ぎ早に弥生に訊いた。いつかのあの写真は、持っていたカメラをライトのかわりに使ったことで撮られたものなのではないか。弥生は本当は、夏実を助けに行ったのではないか。そうだとすると、彼女にあんなことをしたのは、本当は誰なのか。

その日の同窓会のあとで、ゆっくりと時間をかけ、弥生は高校時代の出来事を正直に話した。それ以前のことも、すべて隠さず打ち明けた。

圭介は泣き、弥生も涙を流した。

長い夜だった。

「おう、作家先生」

富沢が夫に声をかけ、弥生にも顔を向けた。

「葉山……じゃねえや、正木夫人もようこそ」

「一年ぶりね。富沢くん、ちょっと瘦《や》せた？」

「そろそろ肥満も気になる歳《とし》だからな、毎晩ジョギングしてんだ」

富沢は得意げに唇の端を持ち上げる。余計な脂肪が落ち、去年の同窓会のときよりも、ちょっと精悍《せいかん》な顔立ちになっていた。

「圭介はしかし、相変わらず肥《ふと》らねえな。作家なんて、ずっと家で机に向かってるんだろ？」

「これでも、最近少し肉がついたよ」

「ああ、そりゃ奥さんの料理が美味《うま》いからだな」

富沢はわざとらしく太い眉《まゆ》を上げ、弥生と圭介を見比べる。それが気恥ずかしくて、弥生は話題を転じた。

「去年の同窓会も雨だったわよね。夏場でもないのに雨ばっかりで——幹事の富沢くんが雨男なんじゃないの？」

すると富沢は、何故《なぜ》だかふと目をそらした。

「ああ……それがな。違うんだ」

口の中で、そんなことを言う。

「違うって……え、幹事じゃなかったの？　富沢くん」

「いや、そういうことじゃなくてさ」

いつのまにか、富沢の後ろに同窓の面々が集まっていた。なんだか整列するような感じで、みんな弥生と圭介を見ている。

「ごめん、騙《だま》した」

富沢が顔を上げた。

「同窓会じゃねえんだ。今日はな、お前たちのお祝いなんだよ。ほら、夏にお前たちがくれた結婚通知に、式はやらないって書いてあっただろ？　だから、俺たちで勝手に祝いの席をもうけさせてもらおうと思ってさ」

ちらちらと二人の顔色を確認しながら、富沢は説明する。後ろに並んだ面々も、弥生と圭介の反応を気にしているようで、曖昧《あいまい》な表情だった。弥生は思わず圭介を振り仰ぐ。圭介も知らなかったらしく、目を丸くしていた。

「おかしいと思ったよ……二年つづけて同窓会やるなんて」

圭介が呟《つぶや》くと、富沢が背後を親指で示して言った。

「言っとくけど、困るなんて言われても困るからな。向こうの立食パーティの会場に、おめでとうの垂れ幕なんかも用意しちまってるから」

「垂れ幕――」

「いや俺じゃねえんだ。企画したのは俺じゃなくてほれ、あいつ」

富沢が顎《あご》で示した先を見て、弥生は驚いた。

昔と比べて、いくらかふっくらしているが――そこに立っていたのは紛れもなくあの守谷夏実だった。去年の同窓会には、彼女は来ていなかったのだが。

悪戯《いたずら》っぽく笑い、大人になった夏実は言う。

「弥生と圭介くんが結婚したって聞いてね、お祝いしなきゃと思って」

「夏実――」

言葉が出てこなかった。戸惑う弥生に夏実はそっと近づいてくる。そして耳元に口を寄せ、弥生だけに聞こえる声で素早く囁《ささや》いた。

「あたしのことがあったせいで、もしかしたらあんたは結婚式を挙げられないんじゃないかって気がしてさ」

そう――夏実の言葉は間違ってはいなかった。弥生は、自分のせいで、自分の父親のせいで、あんな恐怖と哀《かな》しみを背負わせてしまった夏実に対し、ずっと懺悔《ざんげ》しながら生きてきたのだ。だから圭介と結婚することが決まっても、華々しく祝いの席を設けるなんて考えることもできなかった。

「あ、一応紹介しとく。これあたしの旦那《だんな》ね」

夏実は隣に立った男の袖《そで》を無造作に摑《つか》み、弥生の前に引っ張り出した。彼は――誰だったか。知っている気がする。中性的な顔立ちをした、なかなかの美男子だ。

富沢が横から彼の肩に手を載せた。

「ほらこいつ、俺たちとは一度も同じクラスにならなかったけど、昌樹《まさき》だよ。俺、よく名前だけは出してただろ」

「あ――」

そうだ。何という名字かは憶《おぼ》えていないが、たしかに隣のクラスにいた。

「結婚……したんだ」

意外な展開に、弥生はそう呟いて瞬《まばた》きをするのが精一杯だった。

盛り上がった酒の席で夏実から聞いたところによると、山岡《やまおか》昌樹は夏実が転校したあと、いきなり彼女の家を訪ねてきて想《おも》いを打ち明けたらしい。

――例のこと、富沢くんから聞いて知ってたらしいんだ。

夏実はそう言った。

――で、あたしが心配で仕方なくて、家まで来たんだって。心配されてるうちに情が湧《わ》いてきて、あたしも好きになっちゃったんだよね。

もう、小学生の娘もいるらしい。

あんたの父親のことは夫に話していないからと、夏実は弥生の背中をぽんと叩《たた》いた。

その仕草は、彼女が高校時代によくやってくれたものだった。弥生が暗い顔をしているとき、弥生がちょっとしたことで悩んでいるとき、夏実はいつもこうやって背中を叩いてくれた。

「おっと、そろそろ時間だな。さあ主役の二人からどうぞ」

腕を組めと富沢が言うので、弥生は圭介に右手を伸ばした。圭介は落ち着かなげに左腕を持ち上げて、それを受けた。ほかの全員を先導するように、二人が廊下を進み、ボーイがドアを支えた会場に入ると、正面に据えられたささやかなひな壇の上に『結婚おめでとう！』の垂れ幕が本当に掲げてあった。文字は手書きだ。

かつての同級生たちは、小振りの立食会場にがやがやと広がっていった。富沢がウエイターに指示し、それぞれの手にグラスが配られた。

富沢が大声で乾杯の音頭《おんど》をとり、全員が、待ってましたというように唱和してグラスを高々と持ち上げると、賑々《にぎにぎ》しい空気がぱっと広がった。先ほどから、思いがけない展開ばかりだった。しかし、弥生の心は不思議と静かだった。それは、生まれて初めて感じる、本当の静けさだった。これまで胸の隅で音を立てつづけてきたものが、消えてなくなってくれたのだろうか。ようやく、そうなってくれたのだろうか。天井のスピーカーからは優しいノエルがメドレーで流れている。そういえば、結婚してから圭介が教えてくれた。ノエルというのは伝統的なクリスマスソングのことだけれど、もともとはラテン語で「誕生」を意味する言葉だったのだとか。

弥生は圭介の顔を見た。圭介は、早くも富沢に二杯目のビールを注がれながら、弥生を見て小さくうなずいた。

そのとき会場の窓の外で、何かが一瞬明るく光ったような気がした。きっと誰かが、記念撮影のフラッシュでも焚《た》いたのだろう。

暗がりの子供

Prologue

真っ赤な毛氈《もうせん》の端をちょっとめくって、莉子《りこ》は外を覗《のぞ》いた。

座布団《ざぶとん》。畳。もうすぐ使われることになるベビーベッド。もうすぐ仕舞われるコタツ。コタツの上には新聞が置かれていて、その隣でひらきっぱなしになっているのは赤ちゃん用品のカタログ。ゆるく弓なりになったページの端が、ほんの少し光っているのは、雛飾《ひなかざ》りのぼんぼりが映っているからだ。

そのぼんぼりはいま、莉子の頭の上にある。

首をひっこめて息をひそめた。お腹《なか》の下がぞくぞくして、畳につけたお尻《しり》のあたりがむずむずする。靴下をはいていない両足が冷たくて、その冷たさがまた胸を高鳴らせる。莉子がここにいることを、母も父も知らない。いつさがしに来るだろう。しかし、さがしに来たところで、見つけられないに決まっている。雛壇の中に莉子が隠れているなんて、考えつくはずがないから。

実際、たいしたひらめきだと、自分で思う。

二月にお雛様が飾られる様子を、毎年間近で眺めていたから、雛壇がアルミの骨組みでできていることは知っていた。しかし、その内側に入ってみようなんて、これまで考えたこともなかったのだ。

生まれつき曲がりにくい左脚のせいで、莉子は飛んだり跳ねたり走ったりすることができない。だからクラスの女の子たちよりも肥《ふと》っていて、それがちょっと心配だったけれど、ためしに入ってみたら、雛壇の内側は十分な広さがあった。

窓から射《さ》し込んだ太陽の光が毛氈で濾《こ》され、雛壇の内側は薄赤く染まっている。両手を持ち上げてみると、指も爪《つめ》もきれいに赤みがかっている。外は真昼なのに、ここには莉子だけの秘密の夕暮れがあるようだ。――なるほど秘密の夕暮れか。ここにあるのは秘密の夕暮れだ。その言葉を思いついて、莉子の胸はまたどきどきと高鳴った。『空とぶ宝物』を、曲げた右膝《みぎひざ》にのせてみる。図書館で借りていたこの本を、コタツで読もうと居間へ持って入ってきたときに、莉子は雛壇の中に隠れることを思いついたのだ。

表紙には、地面から見上げた一面の青空が描かれていて、それもいまは毛氈ごしの光で素敵な夕焼け空に変わっている。その空を眺めている女の子の顔も、リンゴみたいな色に染まっていた。女の子はちょうど、莉子と同じ小学三年生くらいに見える。自分の顔も、いまこんなふうに赤くなっているのだろうか。鏡を持ってくればよかった。

文　卯月圭介《うづきけいすけ》
絵　正木弥生《まさきやよい》

どんな話なのだろう。本の中身を想像するこの時間が、莉子は大好きだった。

図書館で覗いた一ページ目には、可愛らしい雛飾りの絵が描かれていたが、人形やぼんぼりを手にしていたのは、作業服を着た男の人たちだった。男の人がお雛様を飾るなんて、なんだかおかしい。

外の気配に耳をすますと、台所で微《かす》かに食器の触れ合う音がする。父が母に何か話しかけているのが聞こえる。莉子はどこ行ったんだろうな？　とでも訊《き》いたのかもしれない。

二人が居間にそろったタイミングで、莉子は急に雛壇の中から飛び出して、驚かせてやるつもりだった。父はきっと、目と口を両方あけてびっくりし、そのあとで声を上げて笑うだろう。母はこのごろずっとイライラしているから、ひょっとすると怒るかもしれないけれど、それでもだんだん表情がゆるんできて、最後には父といっしょに笑ってくれるに違いない。

おかしさがこみあげて胸が震えた。

興奮を抑えようと、莉子は本の表紙をめくった。

空《そら》とぶ宝物《たからもの》

その日《ひ》の夕《ゆう》ぐれ、真子《まこ》が一人《ひとり》きりで町《まち》をあるいていたのは、ひな人形《にんぎょう》たちが家《いえ》からはこび出《だ》されていくのを見《み》たくなかったからです。

なくなったおばあちゃんが大切《たいせつ》にして、お母《かあ》さんも大切《たいせつ》にして、真子《まこ》も大好《だいす》きだったひな人形《にんぎょう》たちは、家《いえ》にお金《かね》が足《た》りなくなってしまったため、はこび出《だ》されていくのです。

半年前《はんとしまえ》に、お父《とう》さんの会社《かいしゃ》がなくなりました。はじめのうちは、お父《とう》さんとお母《かあ》さんは毎日毎日《まいにちまいにち》、そのことでケンカをしていました。

しかし、やがて真子《まこ》の家《いえ》は、ボリュームのつまみをゆっくりひねっていくように、しずかになっていきました。いまではもう、話《はな》し声《ごえ》さえもきこえません。男《おとこ》の人《ひと》たちがひな人形《にんぎょう》をはこび出《だ》す物音《ものおと》も、どうしてか、家《いえ》をよけいにしずかにさせているようでした。

まるでしずけさに耳《みみ》をふさがれているような心持《こころも》ちで、真子《まこ》は家《いえ》を出《で》てきたのです。

「お母《かあ》さん、きっとあたしをさがしにくるわ」

わざとゆっくりあるきながら、真子《まこ》はひとりごとをいいます。

「急《きゅう》にいなくなるから、しんぱいしたのよ、なんていって」

しかし、足《あし》をとめてふりむいてみても、人《ひと》けのない道《みち》に、じぶんのかげがほそ長《なが》くのびているだけです。

「いまにくるわ」

声《こえ》を出《だ》してわらい、真子《まこ》はまたあるきはじめました。

真子《まこ》のお父《とう》さんとお母《かあ》さんは、むかしからよくケンカをしていました。お母《かあ》さんがカンシャクもちなので、すぐにおこったり、どなったり、ものをなげたりするのです。ずっとむかし、まだ真子《まこ》が生《う》まれてくるまえ、しょう油《ゆ》ビンをなげて、だつい所《じょ》のかがみをこなごなにわったこともあるのだと、お母《かあ》さんは自分《じぶん》でわらってはなしてくれました。

それでも、お父《とう》さんとお母《かあ》さんはなかよしでした。半年前《はんとしまえ》までは、ケンカしたあとは、そのときのそうぞうしさと同《おな》じくらいのわらい声《ごえ》が、あとからきっときこえてきたのです。

夕日《ゆうひ》をうつしたショーウィンドウのなかに、白《しろ》くてふわふわした、まるで春《はる》そのもののようにかわいらしい洋服《ようふく》がかざってあります。それを着《き》ているマネキンは、ちょうど真子《まこ》と同《おな》じくらいの背《せ》たけでした。顔《かお》はのっぺらぼうなのに、真子《まこ》にはそれが、つんとすましてそっぽを向《む》き、自分《じぶん》をわらっているように見《み》えます。

友《とも》だちがじまんしていたような海外旅行《かいがいりょこう》へ、こんな洋服《ようふく》を着《き》ていけたらどんなにたのしいだろう。そう思《おも》うと、目《め》のおくがちりちりといたくなり、なみだが出《で》そうになったので、真子《まこ》はショーウィンドウからにげるようにして、夕日《ゆうひ》のほうへ早足《はやあし》になりました。

真子《まこ》がその穴《あな》を見《み》つけたのは、とおくでむねをはっているデパートの向《む》こうがわに、いまにも夕日《ゆうひ》がかくれようとしているときのことでした。

「穴《あな》だわ」

夕《ゆう》やけと同《おな》じ、だいだい色《いろ》になった、ろじのすみ。

アスファルトのはしっこに、その穴《あな》はぽつんと口《くち》をあけていました。

「アリのすかしら」

そういってはみましたが、そんなはずはないとわかっていました。アスファルトにすをほるアリなんて、どこにもいません。

しゃがみこみ、じっと穴《あな》を見《み》おろしていた真子《まこ》は、やがてへんな気《き》もちになりました。

穴《あな》が、じぶんをよんでいるように思《おも》えたのです。

「声《こえ》もきこえないのに、よばれているはずないわ」

ばかばかしくて、わらいました。わらいながら、ろじの前《まえ》と後《うし》ろを、真子《まこ》はちらっと見《み》ました。だあれもあるいていません。あたりはまったくしずかです。

――と。

また穴《あな》がよびました。

声《こえ》のようで声《こえ》でないもの。

音《おと》のようで音《おと》でないもの。

たとえば風《かぜ》にゆれている葉《は》っぱからきこえてきそうな。たとえばあたたかいお昼《ひる》どき、まっ白《しろ》くふりそそぐおひさまの光《ひかり》からきこえてきそうな。

それは、こんなふうにきこえました。

ばら　ばら　ばら　ばら

いっしょ　いっしょ　いっしょ

ばら　ばら　ばら　ばら

いっしょ　いっしょ　いっしょ

つよくなったり、よわくなったりしながら、波間《なみま》にうかんでいるもののように、それはきこえてくるのです。

真子《まこ》は右手《みぎて》の人《ひと》さしゆびを、地《じ》めんにあいた穴《あな》へちかづけてみました。よばれているのはかんじられても、小《ちい》さな穴《あな》の中《なか》へ入《はい》っていくことができるのは、ゆび先《さき》くらいだったからです。

ばら　ばら　ばら　ばら
いっしょ　いっしょ　いっしょ　いっしょ
ばら　ばら　ばら　ばら
いっしょ　いっしょ　いっしょ

人《ひと》さしゆびの先《さき》が穴《あな》の中《なか》へ入《はい》ったとき、真子《まこ》は「あっ」と声《こえ》を上《あ》げました。ゆびを、なにか、やわらかくてつめたいものに、つつまれたように思《おも》ったのです。真子《まこ》はあわてて手《て》をひきました。——ぬけません。ゆびはやわらかくつつまれているだけなのに、どれほどひっぱっても、穴《あな》からぬけないのです。

そのときでした。真子《まこ》の目《め》のまえで、穴《あな》がぐんぐん大《おお》きく広《ひろ》がっていきました。

ず……とん。

（一）

物音に、莉子は本から顔を上げた。

「今日は、行かないほうがいいだろうな」

息の多くまじった、父の声だった。それで莉子は、いまのは父がお茶をすすったのだとわかった。父も母も、いつのまにか居間に入ってきていたらしい。あれだけどきどきしながら待ち構えていたのに、気づかなかったなんて驚きだった。

「病院に？」

「昨日も今日もじゃ、おふくろも疲れるだろ。一人でいたいって言ってたけど、あれたぶん、本心だと思うぞ」

「そうかしら……」

母は曖昧《あいまい》に言葉尻《ことばじり》を濁し、二人はそのまま黙り込んだ。

莉子の胸に、ぽつんと氷の粒が落ちた。昨日、父と母と三人で病室を見舞ったとき、祖母は薬のせいでぼんやりしていたけれど、莉子に「また来てね」と笑いかけてくれたのだ。なのに、父や母にはそんなことを言っていたのか。一人でいたいだなんて。

「あの子、電気つけっぱなしにして……」

尖《とが》った声がして、母が這《は》い寄ってくる音が近づいてきた。ぱちん、ぱちんと左右でぼんぼりのスイッチが切られた。雛飾りの前に座って眺めるとき以外は、灯《あか》りを消しておくよう言われていたのだ。ほんの少しだけど、電気代がかかってしまうから。

「この子のぶん、新しく買うのは最小限にするわ」

この子、と口にするとき、母がいつものように、自分のふくらんだお腹《なか》にそっと手をあてたのが、見なくてもわかった。あの仕草を目にするたび莉子は、幼稚園の運動会で母が、まとわりついてきた別の子の頭を撫《な》でたときのことを思い出す。手足や首がほっそりと長く、顔も小さくて可愛らしかったその子と、莉子はしばらくのあいだ口が利《き》けなかった。

「産着《うぶぎ》やなんか、みんな莉子のやつをとってあるし」

「そんな、大して高いもんじゃないんだから、新しいやつを買えばいいじゃないか」

母の返事は聞こえなかった。

祖母の手術と治療には、とてもたくさんのお金がかかるらしい。母が電気代や水道代のことを急にうるさく言いはじめたのは、年が明けてすぐ、祖母の病気がわかってからのことだった。

『空とぶ宝物』の表紙を眺める。父親の会社がなくなったという真子のうちと、莉子のうちと、どちらが大変なのだろう。真子のうちのように、このうちのお雛様もどこかへ売られるようなことがあるのだろうか。

祖母の病気が具体的にどんなものなのか、莉子は知らない。父も母も教えてくれないし、祖母も話さない。ひょっとしたら、祖母は自分でも知らないのかもしれない。

病気の中には、本人に教えないものがあるらしい。

――お腹に穴をあけるのよ。それで、そこに機械をつけるの。

病室で手術のことを訊《き》いたら、祖母はそんなことを言っていた。父と母が医者に呼ばれ、部屋を出ていったときのことだ。

――機械?

莉子が驚いて訊き返すと、祖母はベッドに寝ころんだまま、自分のお腹のあたりにそっと手をあてた。

――ちっちゃな機械。莉子ちゃん、ゼリーをお口から食べるでしょ? おばあちゃんは、お腹から食べるようになるの。お口からはもう、食べられなくなっちゃったから。

そんな食べかたで、美味《おい》しいのだろうか。

——退院して、いっしょに暮らすようになったら、正孝《まさたか》にも浩美《ひろみ》さんにも、いろいろ手伝ってもらわないといけなくなるから、おばあちゃん、申し訳なくてね。

これまで一駅離れた町にあるアパートで一人暮らしをしていた祖母だが、手術が終わって退院したら、この家へ引っ越してくることになっている。莉子たちといっしょに暮らしながら、ときどき病院に通って、病気を治すのだ。

——あたしも手伝うよ。おばあちゃんのお世話。

何をどう手伝うのかはわからないが、言葉が口をついて出た。祖母は枕《まくら》の上で顎《あご》を引き、困ったような笑みで莉子を見た。右手を持ち上げてこちらへ伸ばし、頭をさわろうとしたのだが、届かなかったので、莉子のほうが身を乗り出した。髪を撫でる祖母の手は、以前よりも乾いた感じがした。ベッドの枠にお腹の肉を押しつけながら、じっと頭を撫でられていたら、父と母が戻ってきた。どちらも、何故《なぜ》か目を合わせようとしなかった。互いに何かを一心に考えているように、表情は上の空だったし、祖母にかける声もなんだかわざとらしかった。

毛氈《もうせん》の向こう側は静かなままだ。

父と母は黙り込み、ときおりお茶をすする音と、湯呑《ゆの》みを置く音だけが聞こえていた。雛壇の中から飛び出して驚かせるつもりだったのに、莉子はすっかり動けなくなっていた。それでも、じっとしていると、胸にだんだん哀《かな》しい水が溜《た》まっていくように思えて、『空とぶ宝物』をまたそっと取り上げた。物語のつづきを読みたいというよりも、それぞれのページに描かれている、パステルカラーの可愛らしい挿絵《さしえ》を眺めたい気持ちのほうが強かった。

しかしすぐに、ちがうと気《き》づきました。そばにある、へいやでんしんばしらが、どんどん高《たか》く、大《おお》きくなっていったからです。
穴《あな》が広《ひろ》がっているのではなく、真子《まこ》が小《ちい》さくなっているのでした。

ばら　ばら　ばら　ばら
いっしょ　いっしょ　いっしょ
ばら　ばら　ばら　ばら
いっしょ　いっしょ　いっしょ

声《こえ》でも音《おと》でもないものが、きこえてきます。体《からだ》が小《ちい》さくなっていくにつれて、まるで真子《まこ》はその声《こえ》でも音《おと》でもないものに、自分《じぶん》がつつみこまれていくようなかんじがしました。

こわい、と思《おも》ったでしょうか。

こわくありませんでした。そのはんたいです。

真子《まこ》はまるで、さむい朝《あさ》、あたたかいふとんにくるんでもらったような気《き》もちだったのでした。

ばら　ばら　ばら　ばら

いっしょ　いっしょ　いっしょ

ばら　ばら　ばら　ばら

いっしょ　いっしょ　いっしょ

ぼうっとしながら小《ちい》さくなっていく真子《まこ》の目《め》のまえで、穴《あな》の口《くち》はぐんぐん広《ひろ》がっていきます。ゆび先《さき》しか入《はい》らなかったはずなのに、手《て》がすっぽりと入《はい》るくらいになり、頭《あたま》が入《はい》りそうなほどになり、やがて肩《かた》はばよりもひろがって、気《き》づいたときにはもう、ぴょんととび下《お》りれば中《なか》へ入《はい》りこめるほどの穴《あな》になっていました。

真子《まこ》は、アリほどの大《おお》きさにまでちぢんだのです。
穴《あな》の中《なか》へ、真子《まこ》はりょう足《あし》をそろえてとび下《お》りました。

真下《ました》に向《む》かってあいていた穴《あな》は、すぐにななめになっていたので、真子《まこ》はすべり台《だい》をすべっているような気分《きぶん》でした。右《みぎ》へぐるん、左《ひだり》へぐるん、ときおり穴《あな》はカーブしていましたが、なにしろまっくらなので、真子《まこ》は自分《じぶん》がただ、水《みず》からあげられたキンギョのように、その場《ば》で体《からだ》をくねらせているだけなのではないかと思《おも》うところでした。もし、おしりやせなかがこすれてあつくなっていなかったら、ほんとうにそう思《おも》っていたかもしれません。

しゅん……！

ぼよん！　ぼよん！

ぼよん、ぼよん、ぼよ、よ、よ、よよょょ。

大《おお》きくはね上《あ》げられて穴《あな》からとび出《だ》し、真子《まこ》はなにかぶよぶよしたマットのようなものの上《うえ》へ、おしりからおちました。目《め》のまえのけしきが上下《じょうげ》にゆれ、そのゆれがだんだんと小《こ》きざみになってゆき、やがてすっかり止《と》まりました。それがわかったということは、もうあたりがくらくなかったということです。

でも、明《あか》るくなったわけではありません。

そこは、青白《あおじろ》く光《ひか》った生《い》きものがたくさんいるばしょでした。見《み》えているのは、生《い》きものたちと、かれらのすぐ足《あし》もとの地《じ》めんだけでした。どうやらそこは、広《ひろ》びろとしたホールのようなばしょです。

生《い》きものたちは、人《ひと》のすがたをしているようで、そうではありません。ヒトデをたてにしたように、手足《てあし》にはゆびというものがなく、にゅにゅっとのびているだけなのです。頭《あたま》だって、ただの三角形《さんかっけい》で、目《め》も鼻《はな》も口《くち》もありませんでした。もし彼《かれ》らがあるいていなければ、どちらが前《まえ》だか後《うし》ろだか、きっとわからなかったでしょう。

「いらっしゃい」

まるでオモチャ屋《や》の店員《てんいん》さんみたいに気《き》がるなようすで、生《い》きもののひとりが真子《まこ》をふりかえりました。その声《こえ》は、ちょくせつはだにかんじられるようで、ずっときこえていた「ばらばらばらばら」や「いっしょいっしょいっしょ」と、同《おな》じひびきがありました。

「ここ、どこ?」

「ここは穴《あな》だよ」

「わかってるわ、そんなこと。どんな穴《あな》かってきいてるの」

「穴《あな》は穴《あな》、ほかによびかたなんてないよ。ぼくたち、穴《あな》としかよんだことがない」

そういうと、生《い》きものはせなかを向《む》けてあるいていってしまいます。

「まあ、名《な》まえをつけるとしたら、ばらばらの穴《あな》かな」

生《い》きものがそうつけたしたので、真子《まこ》はおいついて、ききかえしました。

「穴《あな》が、ばらばらになってるの?」

「ちがうよ。ほら、ようせいがすんでる国《くに》をようせいの国《くに》ってよんだり、きりが出《で》る町《まち》をきりの町《まち》ってよぶだろ? だからここは、ばらばらの穴《あな》。――ほら、ここにもいる」

生《い》きものが右《みぎ》うでをちかづけて、ぼうっとてらしたのは、地《じ》めんにおちている、なにか黄色《きいろ》い、平《ひら》たくてほそながいものでした。サーフィンの板《いた》みたいに見《み》えます。

「これなあに?」

「タンポポの花《はな》びらだよ。ばらばらになった一《いち》まいが、ここへきたんだ。こっちには、わたげもいるよ」

生《い》きものがひょいと左足《ひだりあし》をのばしててらしたのは、たしかにタンポポのわたげでした。ただし、ラグビーボールのようなタネに、パラソルのほねだけみたいな毛《け》がついています。どうやらこの穴《あな》は、真子《まこ》のように大《おお》きなものはちぢんで入《はい》るけれど、もともと小《ちい》さなものは、そのまま入《はい》ってくるようです。

「ある、だわ」

真子《まこ》は生《い》きもののことばづかいをちゅういしました。

「え？」

「花《はな》びらやわたげは、いる、じゃなくて、ある、っていうのよ。それと、ここへきた、っていうのもちがうわ。だって、だれかがもってきたんでしょ？」

すると生《い》きものは、ばかばかしそうに、ありもしない肩《かた》をすぼめました。

「ぼくたちは、ただ、歌《うた》うだけだよ。ばらばらになったものだけにきこえる歌《うた》をね。だから、花《はな》びらも、わたげも、きたっていっていいんだ。きみだってそうだろ？」

なぞなぞのようなことをいって、そのままあるいていきます。

真子《まこ》はくびをひねりながら、生《い》きもののあとをついていきましたが、なんとなく、自分《じぶん》がここへきたりゆうがわかったような気《き》がしました。

まえをあるく生《い》きものからはなたれる、ほのかな明《あ》かりで、地《じ》めんにころがったいろいろなものが見《み》えました。ちびたエンピツ。靴《くつ》がかたっぽ。土《つち》のついたおにぎり。

雲《くも》のはしっこがうつったパズルのピース。表紙《ひょうし》にウンチのらくがきをされた本《ほん》。げんのないハープのようなものは、コーヒーカップのもちてでしょうか。――みんな、はっきりとは見《み》えません。ほんの一《いっ》しゅん、生《い》きものの光《ひかり》でてらされるだけです。子《こ》ネズミや、まだはねがポワポワしたひな鳥《どり》が、なにかをさがすようにあるいているのも見《み》えました。ふっとほほをなでた風《かぜ》には、かすかに花《はな》のにおいがします。この風《かぜ》も、どこか遠《とお》いばしょからやってきたのでしょうか。

「それにしてもさいきんは、人間《にんげん》がよくくるなあ」

あるきながら、生《い》きものがいいます。

「むかしはそんなことなかったんだけども」

「あたしのほかにもいるの？」

真子《まこ》はあたりを見《み》まわしましたが、広《ひろ》びろとしたばしょには、青白《あおじろ》い生《い》きものたちがうろうろしているばかりです。

「なん人《にん》かはね。でも、どうせすぐいなくなっちゃうよ。人間《にんげん》って、ここへきても、すぐにかえっていくんだ。はじめは楽《たの》しそうにしているんだけど、そのうちお母《かあ》さーん、とか、お父《とう》さーん、とかいったり、だれかの名前《なまえ》をいったりして、みんなかえっていく。そうして、いったんかえっていった人間《にんげん》がもういちどくることは、まずないんだ。人間《にんげん》って、よわくって、あんまりすきじゃないよ」

バカにされたようで、真子《まこ》はむっとしました。そして、自分《じぶん》はぜったいにかえらないことにしようと、こっそり心《こころ》にちかいました。

「あなたたちは、なあに？」

「穴《あな》の生《い》きものだよ」

「そうでしょうね。じゃあ、あなたのお名前《なまえ》は？」

「名前《なまえ》？」

ふしぎそうに、生《い》きものははじめて足《あし》を止《と》めました。

「名前《なまえ》なんてないよ。だってぼくたち、ばらばらにならないもの。ずっといっしょにいて、みんなで同《おな》じことしてるから、名前《なまえ》なんていらないんだ」

またなぞなぞのようなことをいって、生《い》きものはあるきはじめました。

「王女《おうじょ》さまだけは、王女《おうじょ》さまっていう名前《なまえ》をもっているけどね」

あるきながら、そうつけくわえます。

「王女《おうじょ》さまがいるの？　どこに？」

「ちょうどこれから王女《おうじょ》さまのへやへいくところだよ。ぼくたち、かわりばんこで王《おう》女《じょ》さまのおせわをしているんだ。でも、王女《おうじょ》さまはいま、とてもかなしんでいるから、さわがしくしちゃダメだよ」

「かなしいことがあったの？」

生《い》きものはこたえません。それきりだまりこんで、あるいていきます。

やがて生《い》きものは、かべにあいた大《おお》きな穴《あな》のまえに立《た》ちました。そして、ちらっと後《うし》ろをふりかえり、真子《まこ》がちゃんとついてきていることをたしかめると、その穴《あな》の中《なか》に入《はい》っていきました。

まっすぐなろうかです。地《じ》めんが、さっきのホールとはちがって、タイルのように平《たい》らです。手《て》をよこへのばしてみると、かべもずいぶんすべすべしていて、いかにもこの先《さき》に、なにか大切《たいせつ》なばしょがあるといったかんじがしました。やがて、とおくに四角《しかく》い光《ひかり》が見《み》え
「ねえ……お義母《かあ》さんの話」

黙り込んでいた母が口をひらいたので、莉子は本から顔を上げた。

「うん？」

「やっぱり、うちでってことになるのかしら。このままだと」

病室で、ゼリーのことを話しながら自分のお腹へ手を添えていた祖母の姿が胸に浮

かんだ。そういえばあれは、母が、生まれてくる子供の話をするときの仕草によく似ていた。母の身体《からだ》の中ではいま、妹がだんだん大きくなっているらしいけれど、祖母の中では何が大きくなっているのだろう。

「そういうことになってるんだから、しょうがない」

母の顔を見ないで返したような声だった。それが嫌だったのか、母の声が少し尖った。

「だってうち、いろいろ大変でしょ？　この子も四月には産まれるんだし」

またこの子だ。

「いまさらどうなるもんでもないだろ、やいのやいの言ったところで。義務みたいなもんなんだから、俺たちの」

それから、どちらのものかわからないが、古タイヤから空気が洩《も》れるような溜息《ためいき》が聞こえて、ふたたび沈黙が降りた。途切れたのは声だけでなく、お茶をすする音も、今度は聞こえてこない。雛壇の外が水で満たされたように、そこにあるのは完全な静けさだった。

膝《ひざ》の上に置いていた『空とぶ宝物』を、莉子はそっと閉じた。本を挟み込むようにして右膝を抱き寄せ、スカートから飛び出した膝に顎を載せた。ドライアイスから流れ出た白い煙のようなものが、胸の中にゆっくりと広がっていく。それは学校で、誰かが自分の左脚やお腹に目を向けたとき感じるものとよく似ていた。抜けている前歯の凹《へこ》みに、莉子はぐっと舌先を押しつけた。

「あの子、どこ行ったのかしら……」

思い出したように、母がぽつりと呟《つぶや》いた。

（二）

家族って何だろう。そんな難しいことを、バス停に向かって路地を歩きながら、莉子は生まれて初めて考えた。肩から斜めにかけているポシェットは、二ヶ月ちょっと前のクリスマスに祖母からもらったプレゼントで、中に入っているのは小銭だけの財布と『空とぶ宝物』だ。

父も母も、妹が産まれてくることをとても楽しみにしている。家族が増えるその日をわくわくしながら待っている。

いっぽうで、祖母が退院したら、いっしょに暮らしはじめるのだから、やっぱり家族は増えることになる。赤ん坊が生まれてくるのと、祖母がやってくるのと、どう違うのだろう。自宅から通院して病気を治すようになると、父や母にいろいろと世話をかけることになると祖母は言っていたが、赤ん坊の世話のほうがずっと大変に決まっている。それなのに父も母も、どうしてあんな話をするのだろう。どうして溜息をつくのだろう。莉子は、妹が生まれてくることよりも、大好きな祖母が家にやってくることのほうがよっぽど嬉《うれ》しかった。

そんなことを考えながら人けのない路地を歩いていると、なんだかあの歌が聞こえてきそうだった。真子が入り込んだばらばらの穴を、いまなら自分も見つけてしまうのではないか。そんな気がした。ちょうどそのとき、歩道の脇《わき》の植え込みに、ぽっかりと穴があいているのを、莉子は発見した。

蟻《あり》の巣のような、小さな黒い穴。

立ち止まり、恐る恐る顔を近づけてみたら、どうやら本当に蟻の巣だった。がっかりしたような、ほっとしたような気持ちで顔を上げると、並木のプラタナスが、葉のない枝を広げている。

一年生の夏、祖母に言われたことを思い出した。

――朝の葉っぱを見ればいいんだ。簡単なことだよ。

あれは、歩きかたと体型のせいでクラスメイトに笑われ、莉子が学校へ行くのを嫌がっていたときのことだ。母は、もっと自分からクラスの子に話しかけなさいとか、おどおどして見られないように胸を張っていなさいとか、そういった無理ばかりを莉子に言った。そんなことは言われないでもわかっている。それができないから学校へ行きたくないのだという言葉を、莉子は強く結んだ唇の手前で嚙《か》み殺した。何度も嚙み殺しているうちに、言葉は莉子の中で、「できない」から「やらない」に変わり、いつのまにか莉子は学校でまったく口を利かなくなっていた。教室のどこかで笑い声が起きても絶対にそちらを見なかったし、給食も、食器の上に顔を伏せるようにして食べた。授業が終わると素早く教室を出て、自分の靴先だけを睨《にら》みつけながら家に帰った。

ある日の帰りがけ、廊下で担任教師に呼び止められた。

——もうちょっと、みんなと仲良くしてみようか。

莉子が黙っていると、母よりも少し若い担任教師はつくり笑顔でつづけた。

——さっき、お母さんに電話して聞いたんだけど、このごろおうちでもあんまり喋《しゃべ》らないんだって?

そのあと、お母さんやお父さんを心配させないように頑張らなきゃ、というようなことを言われたが、莉子は頷《うなず》くことすらできなかった。担任教師が母に連絡したことがショックだったのだ。家に帰るのがとたんに恐《こわ》くなった。自分をきつく叱《しか》ろうと、母が両肩に力を入れてじっと待ちかまえている気がした。

学校を出た莉子の足は、気がつけば祖母のアパートへと向かっていた。

――あんた、どうしたの？

莉子の様子がいつもと違うことに、祖母はすぐに気づいた。うまく説明することはできなかったが、莉子は短い言葉を途切れ途切れに並べて、学校のことや、その日担任教師に呼び止められて言われたことを話した。

話を聞き終えると、祖母は短く黙ったあと、

――朝の葉っぱを見ればいいんだ。簡単なことだよ。

丸い頰を持ち上げてそう言ったのだ。

――朝の葉は〇〇〇ってものを出しててね、それには△△△っていう力があるんだ。その△△△が目から身体に入ってくると、心が元気になる。心が元気になれば、友達なんて、あっちからどんどん集まってくるさ。

〇〇〇や△△△の部分は思い出せない。二年生のときに一度訊いてみたら、もう憶《おぼ》えていないと笑われた。きっと、思いつきのでたらめだったのだろう。

――でも、見すぎちゃいけないよ。あんまりクラスの人気者になっても、かえって

疲れちゃうからね。それと、人にはぜったい教えないこと。

翌日から莉子は、言われたことをためしてみた。

効果は絶大だった。本当に心が元気になった。授業も給食も帰り道も、急に楽しいものに変わった。友達がどんどん集まってくるというのはさすがに言いすぎで、相変わらずクラスに溶け込むことはできなかったけれど、学校へ行くのが嫌ではなくなった。いまだに仲良しの友達はできていないが、あのとき祖母が葉っぱの話をしてくれたことを、莉子は本当にありがたく思っている。

病院は、ここから六つ目の停留所だ。

やってきたバスに、莉子は乗り込んだ。窓の外側を流れはじめたプラタナスの枝を、しばらく眺め、やがてバスが大通りに出ると、ポシェットから本を出して膝の上でひらいた。


まっすぐなろうかです。地《じ》めんが、さっきのホールとはちがって、タイルのように平《たい》らです。手《て》をよこへのばしてみると、かべもずいぶんすべすべしていて、いかにもこの先《さき》に、なにか大切《たいせつ》なばしょがあるといったかんじがしました。やがて、とおくに四角《しかく》い光《ひかり》が見《み》えてきましたが、その光《ひかり》は、生《い》きものたちの体《からだ》からはなたれているのと、そっくり同《おな》じ色《いろ》をしていました。

それもそのはずです。へやの中《なか》には生《い》きものたちがずらりとならんでいました。ろうかから見《み》えていたのは、そこへあつまったかれらの光《ひかり》だったのです。

生《い》きものたちはコの字《じ》になって、ひとつのベッドをかこんでいます。そのベッドに目《め》をやったとたん、真子《まこ》はどきっとしました。

とてもきれいな女《おんな》の子《こ》が、きれいな服《ふく》をきて、ねています。あおむけではなく、体《からだ》の正面《しょうめん》をこちらに向《む》けていたので、外国《がいこく》の人形《にんぎょう》みたいに色白《いろじろ》で美《うつく》しい顔《かお》が、よく見《み》えました。両目《りょうめ》はそっととじられています。

「ねえ、この人《ひと》が――」

「しっ」

ならんでいた生《い》きものの一人《ひとり》が、真子《まこ》のことばをさえぎりました。その生《い》きものは、おこったようなようすではありませんでしたが、ひょろっとした、ゆびのない手《て》で、空気《くうき》をおし下《さ》げるようなしぐさをしました。もっと小《ちい》さな声《こえ》で、というういみでしょう。

「この人《ひと》が、王女《おうじょ》さま？」

真子《まこ》をあんないしてくれた生《い》きものにささやくと、あいてもささやき声《ごえ》でこたえます。

「そう、ぼくたちの王女《おうじょ》さま。いま、びょうきなんだ」

「どんなびょうき?」

「さっきいったじゃないか。かなしんでるんだよ」

「びょうきになったことを?」

「ちがうよ。かなしむっていう、びょうきだよ」

世《よ》の中《なか》に、そんなびょうきがあるものでしょうか。それなら真子《まこ》も、なんどだってびょうきにかかっています。お父《とう》さんとお母《かあ》さんがケンカするたびびょうきになりましたし、おひなさまが男《おとこ》の人《ひと》たちにはこび出《だ》されているのを見《み》ているときだってびょうきでした。

「王女《おうじょ》さまって、いいわね」

真子《まこ》がいうと、生《い》きものはかるくくびをかしげ、またベッドに顔《かお》をもどしました。

そのとき、とうきのように白《しろ》くてなめらかな王女《おうじょ》さまのまぶたが、ぴくっとうごきました。やがてそのまぶたがすきまをあけると、ソーダみたいに青《あお》い目《め》があらわれて、ぼんやりと右《みぎ》へ左《ひだり》へ向《む》けられました。

生《い》きものの一人《ひとり》にたすけられながら、王女《おうじょ》さまがしずかにみをおこしたとき、真子《まこ》は「あ」と声《こえ》を上《あ》げました。それまでは王女《おうじょ》さまがこちらを向《む》いてよこたわっていたせいで見《み》えなかったのですが、かのじょのせなかには、はねがあったのです。どこかで見《み》た絵《え》の中《なか》で、天使《てんし》がはやしていたような、白《しろ》いふわふわのはねです。

ただし、一《ひと》つしかありません。

王女《おうじょ》さまはくびをまわし、真子《まこ》に目《め》を向《む》けました。真子《まこ》はぎくっと体《からだ》をかたくしましたが、かのじょの目《め》は、まるでただかべの一《いち》ぶでも見《み》たかのように、すぐにべつのほうへと向《む》けられました。

「ずっとまえは、とべたんだ」

生《い》きものが、そっとおしえてくれました。

「とべなくなってから、王女《おうじょ》さまはぼくたちをつれて、穴《あな》の中《なか》でくらすようになったんだよ。それで、ぼくたちにあの歌《うた》をおしえた。王女《おうじょ》さまは、いつか、ばらばらになったはねのもう一《ひと》つが、この穴《あな》へやってきてくれることをねがってる。ぼくたちも、ねがってるよ」

なるほど、あの歌《うた》にはそんないみがあったのです。

音《おと》がしました。ほんのかすかな、木《こ》の葉《は》が地《じ》めんへ向《む》かっておちていくときほどの音《おと》でした。それは王女《おうじょ》さまの、とてもかなしげなためいきでした。なにもないところをじっと見《み》つめる、王女《おうじょ》さまの青《あお》い目《め》を見《み》ていると、真子《まこ》は、この人《ひと》のかかえているかなしみは、自分《じぶん》のかなしみよりずっと大《おお》きいのではないかという気《き》がしました。ベッドのまわりにならんだ生《い》きものたちが、しんぱいそうに、そっと体《からだ》を王女《おうじょ》さまのほうへかたむけます。

「王女《おうじょ》さまは、どうしてびょうきになったの？」

たずねると、生《い》きものは、しばらくかんがえてからこたえました。

「きっと、この穴《あな》があまりすきじゃないんだろうね。ほんとうは王女《おうじょ》さま、そとのせかいをじゆうにとびまわりたいんだ。でも、ここにいなきゃいけない。いつか自分《じぶん》のはねが、もどってくるかもしれないから」

「そとへ、はねをさがしに出《で》ればいいのに」

さっきよりも長《なが》いじかん、生《い》きものはかんがえて、こたえました。

「そとは、ひろいから……」

ほかの生《い》きものたちが、そのとおりだというようにうなずき、かれらのまんなかで王女《おうじょ》さまが、またかなしいためいきをつきました。

「びょうきは、どうしたらなおるの？　どうしたら、王女《おうじょ》さまはかなしくなくなるのかしら」

自分《じぶん》が力《ちから》になれはしまいかと思《おも》い、真子《まこ》はききました。

するとと生《い》きものは、いがいなことをいいます。

「ほうほうはあるよ」

「あるの？」

「ぼくたち、いつもそのほうほうで、王女《おうじょ》さまのびょうきをなおしてるんだ」

「じゃあ、早《はや》くそれをやってあげればいいのに」

「もうじゅんびしてるよ。ぼくたちの宝物《たからもの》が、もうすぐここへとうちゃくする。その宝物《たからもの》で、王女《おうじょ》さまのびょうきをなおすんだ」

「宝物《たからもの》って、なあに？」

「空《そら》とぶ宝物《たからもの》さ」

生《い》きものは、とくいげに顔《かお》を向《む》けます。

「あれがあれば、空《そら》をとべるんだ。ふだんは穴《あな》のおくのおくのおくにしまってあるんだけど、こうして王女《おうじょ》さまのびょうきが重《おも》くなったときには、とくべつにとり出《だ》して、つかうのさ。王女《おうじょ》さまは、ぼくたちといっしょに穴《あな》の入《い》り口《ぐち》まで出《で》て、その宝物《たからもの》で空《そら》をとぶ。とんで、とんで、どんどんとんで、空《そら》でびょうきとたたかって、びょうきが王女《おうじょ》さまの体《からだ》からすっかりきえたら、また穴《あな》へもどってくるんだ」

なあんだ、と真子《まこ》はわらいました。

「はねがなくても、とべるんじゃない。だったら、ずっとその宝物《たからもの》でとべばいいのに。そうすれば、もうびょうきにならないわ。いつだって空《そら》をとべるんだもの」

すると生《い》きものは、また長《なが》いあいだかんがえて、ぽつりとこたえました。

「いつもつかうわけには、いかないよ」

そのときです。ろうかのほうがなんだかさわがしくなったので、真子《まこ》はふりかえりました。何人《なんにん》もの生《い》きものたちが、ろうかのはしとはし、二《に》れつになってあるいてきます。かれらのはなつ青白《あおじろ》い光《ひかり》が、なにか平《ひら》たいものをてらしていました。生《い》きものたちは、その平《ひら》たいものを、左右《さゆう》からささえあって、はこんでいるのです。

「とうちゃくした！」

へやじゅうの生《い》きものが声《こえ》を上《あ》げました。王女《おうじょ》さまもベッドの上《うえ》で、ほっとしたように、少《すこ》しだけほほえみました。

真子《まこ》は宝物《たからもの》がどんなものなのか知《し》りたくて、へやの入《い》り口《ぐち》からくびをつき出《だ》しました。二《に》れつになった生《い》きものたちがはこぶそれが、やがてはっきりと見《み》えてきましたが――。

「かくしてあるのね」

真子《まこ》はがっかりしました。

宝物《たからもの》は、布《ぬの》でしっかりとくるまれていたのです。平《ひら》たくて、たて長《なが》で、王女《おうじょ》さまのベッドとおなじくらいの大《おお》きさのもの。四角形《しかくけい》よりも三角形《さんかっけい》にちかいようです。いっかしょだけ、かどがとがっていて、あとのふちは丸《まる》まっていて――なんだか平《たい》らなクリのような形《かたち》をしていました。

「そとに出《で》るまでは、ああやって布《ぬの》でくるんで、だいじにはこぶんだ」

「中《なか》にはなにが入《はい》ってるの？」

「ひみつだよ」

生《い》きものは、からかうようにいいます。声《こえ》に、安心《あんしん》があふれていました。

「でも、もしほんとに見《み》たければ、ついてくればいいさ。ぼくたちこれから、宝物《たからもの》といっしょに、王女《おうじょ》さまを穴《あな》の入《い》り口《ぐち》までおつれするから」

真子《まこ》は布《ぬの》のなかみが見《み》たくて見《み》たくて、しょうがありませんでした。もちろん穴《あな》の入《い》り口《ぐち》までついていくつもりになってはいましたが、できれば、いまここで、なんとかこたえをしりたいと思《おも》いました。

「ヒントだけでもおしえて」

「ヒントか。そうだなあ」

生《い》きものは、人《ひと》でいうとあごのあたりに手《て》をやって、ちょっとくびをひねります。

「この宝物《たからもの》は、ずっとまえ、きみやタンポポの花《はな》びらや、くつのかたっぽとおなじように、ここへきたんだよ」

「じゃあ、ばらばらになったものの一《ひと》つなのね？」

「そういうこと」

「あたしのしってるもの？」

「だれでもしってるよ。子《こ》どもだって大人《おとな》だって」

生《い》きものはおかしそうに

車内アナウンスに病院の名前を聞いた気がして、莉子は窓の外に目をやった。白い建物が、すぐそこに見えた。あっと思って腰を浮かしたとたんにバスが減速し、莉子は前の席の背もたれに顎《あご》をぶつけた。

ステップを下りて歩き出すと、ちょうど病院のほうから男の子が二人、げらげら笑いながら駆けてくるところだった。兄弟なのだろう、眉毛《まゆげ》の太さと、ぽてっとした頬がそっくりな二人だ。弟のほうは、莉子と同じくらいの歳《とし》に見える。わざとかもしれないが、もう少しでぶつかりそうになりながら、二人は莉子の脇を駆け抜け、停まっていたバスへと乗り込んだ。莉子はなんとなく立ち止まり、二人の後ろ姿を眺めた。

生まれてくる妹は、あんなふうに自分と顔が似ているのだろうか。自分とよく似ているけれど、自分よりも小さくて、両脚がちゃんと曲がる女の子と、もうすぐいっしょに暮らすことになるのだろうか。

バスが遠ざかると、莉子は無理やり別のことを考えながら、病院に向き直って歩きはじめた。

宝物。空とぶ宝物。あれはいったい何なのだろう。誰でも知っていると、ヒトデみたいな生きものは言っていた。平たくて、四角形よりも三角形に近くて、栗《くり》を平らにしたような——。

「凧《たこ》」

莉子は立ち止まった。

もしかして凧ではないか。玩具屋《おもちゃや》やホームセンターで売られている、あの三角形の凧。アニメのキャラクターが印刷されていたり、左右の羽根に目玉の模様が描かれている凧。生きものたちが、ああして布でくるんで大事に持っていくのも、もし凧のどこかが破れたら飛べなくなってしまうからでは？

いや、違うかもしれない。布の中にあるものは、タンポポの花びらや靴の片方のように、ばらばらになったものの一つだと、生きものは言っていた。凧はもともと、いくつも集まっているものではない。つまり、ばらばらになるようなこともない。もっとも、店の棚に並べられている状態は「集まっている」と言えないこともないけれど。莉子はいっそう正解が気になってきた。つづきを読まずにはいられなくなり、すぐそばに置かれた木のベンチのほうへ、ポシェットのファスナーを開けながら歩いていったのだが――。

心臓がどくんと鳴り、顔がさっと冷たくなった。

「え……え……」

本がない。

ポシェットを顔の前まで持ち上げ、右手を突っ込んで中を引っ掻《か》き回した。しかし、そんなことをするまでもない。どう見ても、そこには財布しか入っていない。

バスの中だ。慌《あわ》ててバスを降りようとしたあのとき、座席にあの本を置いてきてしまったのだ。図書館から借りた本なのに。

どうしよう。早くも最初の涙が目の裏にこみ上げるのを感じながら、莉子は背後を振り向いた。バスはもうとっくに見えなくなっていた。

（三）

「一人で来たの？」

入院してから祖母はひどく瘦《や》せ、以前は丸々としていた頰も、干し柿《がき》みたいに皮があまっていた。それでも、声だけは丸いままで、莉子にはそれが嬉しかった。

「バスに乗って、すぐだもん」

「それでも、大したもんだ。おばあちゃん、嬉しいよ」

「ほんと？」

「あたりまえじゃないの、嬉しいよ」

一人でいたいと、祖母は父や母に言ったらしい。するといま祖母は、莉子に嘘《うそ》をついてくれているのだろうか。とてもそうは思えなかった。思いたくなかった。

「そこにほら、椅子《いす》出して、座んなさい」

祖母の声は、肌にまであたたかく、莉子は無理に呑み込まされた氷がすっと溶けていくような気持ちで、壁に立てかけてあった折りたたみ椅子をひらいた。

今日の祖母は、ずいぶん意識がはっきりしている。

病気と闘うための薬のせいで、莉子たちが見舞いに来たとき、祖母は話ができないほどぼうっとしていることがあった。ベッドの脇で交わされている話題とまったく関係のないことを呟きはじめることもあり、そのうわごとで莉子は、祖母が祖父と結婚して間もない頃に大事な着物を売ったことや、父が小学校のとき足が速かったことを知った。そして、あれは何を思っていたのだろう、曲がりにくい莉子の左脚を、睨みつけるようにして見つめていたときもあった。

「あんたが一人で来てくれるなんてねえ、おばあちゃん、思ってもみなかった。そうそ、この前ね、訊こうとして忘れてたの。お雛様《ひなさま》、もう飾った？」

「飾ったよ」

答えたとたん莉子は、また母と父の言葉を思い出した。

——やっぱり、うちでってことになるのかしら。このままだと。

——いまさらどうなるもんでもないだろ、やいのやいの言ったところで。義務みたいなもんなんだから、俺たちの。

莉子がいないところでは、いままでもあんなふうに祖母のことを話していたのだろうか。病気がわかってから、父も母も祖母のことをとても心配していたが、あれはみんな嘘だったのだろうか。そうでなければ、あんなふうに面倒がるはずがない。ひょっとすると、二人はほかにもいろいろな嘘をついているのかもしれない。莉子がいるときと、いないときでは、父も母も別人なのかもしれない。雛壇の中に隠れたりしたせいで、自分はそれに気づいてしまった。

「……あんた、どうしたの？」

気がつけば、祖母が顔を覗《のぞ》き込んでいた。

一年生の夏のように、素直に話すことはできなかった。

「本、失《な》くしちゃったの」

咄嗟《とっさ》に言った。

「図書館で借りた本、バスの中に忘れてきちゃった」

莉子がそのことを話すと、まるで自分自身が哀しい出来事に遭ってしまったかのように、祖母の眉が八の字に垂れた。すぐにバス会社へ連絡したほうがいいと言って、祖母はベッドから降り、パジャマの上からセーターを着込んだ。祖母の身体からは、ずっと寝ていた人のにおいがした。

エレベーターに乗って一階のロビーへ向かい、祖母は受付の若い女性事務員に近づいていった。申し訳なさそうに小声で何か伝えると、事務員は短く言葉を返して奥へ引っ込んだ。祖母は莉子を安心させるように、振り返って笑った。

「バス会社の電話番号をね、いま調べてもらってるから」

ほどなくして事務員が教えてくれた番号を、祖母はロビーの公衆電話でプッシュした。受話器を握り、誰もいないところへ向かってしきりに頭を下げながら、祖母はしばらく話していたが、やがて受話器を戻して莉子に顔を向けた。

「すぐには、わからないみたい。バスが終点に着いたら、確認してくれるって」

「そしたら電話くれるの？」

「病院の電話に、折り返してもらうわけにはいかないからね。あと三十分くらいしたら、またこっちからかけるって言ったの。その頃には、もうわかってるみたいだから」

ロビーの長椅子に座り、祖母は財布から小銭を出した。

「これで、ジュース買ってきなさい。おばあちゃんはいいから、自分のやつだけ」

パックのバナナジュースを買って長椅子に戻り、莉子はストローをさした。髪をひっつめにした看護師が、急ぎ足で踵《かかと》を鳴らしてどこかへ歩いていくのを眺めながら、一口飲んだ。

「飲む？」

パックを差し出して訊《き》くと、祖母はゆるく首を振る。右手が、無意識のような動きで自分のお腹《なか》を撫《な》でていた。

何かを誤魔化すように、祖母は急に言った。

「失くした本って、どんなお話なの？」

「変な話」

「どんな、変な話？」

思い出せるかぎりで、莉子は物語の内容を話して聞かせた。

「ねえ、空とぶ宝物って何だと思う？」

「そうねえ……」

しばらく考えてみたが、布にくるまれたあの宝物の正体は、やはり祖母にもわからなかった。

時間が経《た》つのを待ちながら、そのまま二人してあれこれと想像しあっていたのだが、あるとき急に、祖母の顔から表情が消えた。咽喉《のど》のあたりが、ぐっとふくらんだように見えた。

「ここにいなさいね」

言い終える前に立ち上がり、祖母はトイレのほうへ前屈《まえかが》みに歩いていく。ずいぶん経ってから戻ってきた祖母の顔は、ひどく白く、パジャマの上に着込んだセーターに、少し水滴がついていた。莉子は何も訊けなかった。

（四）

紐靴《ひもぐつ》だ――。

こちらに向かって路地を歩いてきた男の人の靴を見て、莉子は嬉しくなった。バス停から家へと歩きながら行き合う人たちは、これで三人連続、紐のついた靴を履いている。ひょっとすると、このまま家に着くまでつづいてくれるのではないか。

行き合う人が紐靴を履いていれば、祖母の病気はよくなる。

反対に、靴に紐がついていない人に会ったら、悪くなる。

ときおり莉子は、こうやって占いをする。横断歩道の白いところだけを踏んで道を渡りきれたら、いいことがある。道行く人が誰も自分の脚に目を向けなければ、音楽の時間に緊張しないで歌える。一見簡単そうだが、たとえば横断歩道で誰かが前から歩いてくると、なかなか白い部分だけを踏んでやりすごすことはできないし、どれだけ左脚を引き摺《ず》らないで歩こうとしても、やっぱり行き合う人は視線を向けてくる。

それだけに、占いがうまくいったときは、本当に願いが叶《かな》うと信じることができるのだった。あまり簡単すぎる条件ではいけない。ここのところのさじ加減が、なにしろ難しいのだ。

自転車に乗った女子中学生とすれ違った。彼女がピンク色のスニーカーを履いていたので、いよいよ心臓がどきどきしはじめた。本当にこのまま家まで着くことができるかもしれない。

『空とぶ宝物』は、けっきょく見つからなかった。

運転手が車内を確認してくれたらしいのだが、本の忘れ物はなかったそうだ。

図書館の本を失くしてしまったことを、きっと母は叱るだろう。莉子がそれを心配していると、祖母が病院から家に電話をかけてくれた。母が出たらしく、しばらく話していた祖母は、受話器を置いて莉子を振り向いた。

――浩美さん、ずいぶん心配してたよ。あんた、何も言わないで出てきたんだね。それでも、本のことはわかってくれたよと祖母は笑った。だから、莉子は安心して病院を出てくることができたのだ。

前から女の人が歩いてきた。スーツ姿だ。歩きながらそっと彼女の足元を見てみると、履いていたのは紐のないハイヒールだった。諦《あきら》めきれず、莉子はすれ違ってから立ち止まって振り向いた。あ、と思った。腕に提げたハンドバッグの、持ち手の付け根で、細い革紐が蝶結《ちょうむす》びになっている。――結び目なら何でもいいことにしよう。莉子はそう決めた。

家に向かって最後の角を曲がるまで、それからいくつも結び目を見た。靴はもちろん、胸元のリボン、ネクタイ、スウェットの腰紐。莉子は嬉しかった。祖母の病気は治ってくれる。浮き浮きしながら家のブロック塀を回り込むと、玄関の前に知らない男の人が立っていた。ドアから出てきたばかりのようだ。スーツにコート、靴は紐のない革靴。ちょうどマフラーを首に巻いたところで、ネクタイを見ることはできなかった。どこにも結び目はない。彼は莉子に気づき、こんにちは、と声をかけて路地を歩き去っていった。莉子はその姿を目で追い、下唇を嚙んで結び目を探したが、やはりどこにもない。

最後の最後にすべてを台無しにされ、急に気持ちがしぼんでいった。

「もっと早くになあ……来てくれてりゃよかったのに」

玄関を入ると、台所から父の声がした。

「おふくろの病気がわかる前に」

そっとドアを開けたせいで、莉子が帰ってきたことに気づいていないようだ。

「何回も来てたわよ。さっきの人じゃないけど、別の保険会社の人が。あなたにも資料見せたじゃないの」

「ああ……そうか、見たな。でも、あれだと思ったんだ、おふくろ、もう歳だから、いまから保険に入るってのは無理なんじゃないかってさ」

「高齢者でも入れる保険だってあるわ。そのことも話したでしょ」

父は曖昧《あいまい》に返事をし、諦めたような母の溜息が聞こえた。

三和土《たたき》でスニーカーを脱いでいると、その物音でようやく気づいたらしい。母が足音を立てて廊下を歩いてきた。張りつめた額に、苛立《いらだ》ちが浮き出ている。

「あんた、なんで一人でお見舞いなんか行くの。どっか行くときはちゃんとお母さんに教えなさいって、いつも言ってるでしょ」

「あたし――」

莉子の言葉を押しやるようにして、母はつづけた。

「それでなに、あんた図書館で借りた本を失くしたの？　一人でバスになんか乗るからじゃない。いまうち大変なんだから、余計な心配かけさせないでちょうだいよ」

騙《だま》された、という思いが胸にこみ上げた。

本のことはわかってくれたと、祖母は言っていたのに。騙されたというのは、祖母にではなく、母にだった。

「明日にでも明後日《あさって》にでも、いっしょに謝りに行くからね、図書館に。ちゃんと自分で説明するのよ。お母さん説明できないからね」

言葉を返したくなかった。しゅんと背をこごめたりもしたくなかった。だから莉子は、胸をそらし、全身に力を入れながら足を動かして母の脇を抜けようとした。すると母の手が、肘《ひじ》のあたりを素早く摑《つか》んだ。莉子は腕をぐっと自分のほうへ引き寄せて振りほどこうとしたが、母の力のほうがずっと強かった。急に感情がふくらんで、鼻の内側が熱くなった。振り向きざま、莉子は腕を思い切り振ったが、母は離してくれない。足の踏ん張りがきかなかったので、もう片方の手を母のお腹に突っ張って支えると、母の手がいきなり莉子の手首を打った。

「赤ちゃんがいるんだから！」

最後の音が耳の中でうわんと反響し、頭の中が真っ白になった。

母の顔を見上げたまま、莉子は感情で咽喉をふさがれて、ものが言えなかった。それを、叩《たた》かれたことで反省して黙ったのだと思われるのが悔しくて、嫌で、いっそう咽喉がつまった。莉子は息を止め、痛みが自分の中から過ぎ去ってくれるのを待った。しかしそれはいっこうに過ぎ去ってくれず、やがて胸が勝手にひくひく震えはじめ、唇の両端が痙攣《けいれん》しながら隙間《すきま》をあけた。それを母に見られたくなくて、莉子は廊下の壁に左手をつきながら小刻みに跳ねるように自分の部屋へ飛び込んだ。

（五）

翌日の午後。

一人きりで学校から家へと歩きながら莉子は、ばらばらの穴を探していた。背をこごめて地面を見つめ、自分を呼ぶ声を聞き逃さないよう、じっと耳をすましながら歩いた。しかし、見つかったのは四つの蟻の巣だけだった。胸が空っぽになったような心地で玄関を入ると、台所で母が振り向いた。何か言おうとしたようだが、莉子は気づかないふりをして自分の部屋に入った。

ランドセルから国語のノートを取り出し、机の上に広げた。

鉛筆削りで鉛筆をとがらせると、あの本にあったマークを思い出し、新しいページに描いてみた。

真子は生きものたちがいるへやを出ました。

するとろうかのむこうから、女の子があるいてくるのが見えました。

「あなた、だれ？」

「あたし莉子っていうのよ」

「莉子ちゃん。あたしと名前がにてるのね。どうしてここにいるの？　あなたも穴に入ったの？」

「学校のかえりに、ばらばらの穴を見つけたの。それで、ゆびを入れたら、すいこまれたの」

真子と莉子は、ろうかをあるいて、ひろいホールへいきました。そして、はしにすわって、しゃべりました。

「莉子ちゃんのうちも、ばらばらになったから、穴を見つけたのね」

「あたしだけ、ばらばらになったの」

「ともだちができてよかったわ」

「あたしも、真子ちゃんといっしょに、王女さまがとぶのを見にいくわ」

「いいわよ。いっしょにいこう！」

仲よくなれたので、二人ともよろこびました。

「真子ちゃんは、あたしの足とか、おなかを見ても、なんにもいわないのね」

「いわないわ。どうして？」

「へんだから」

真子は、わけがわからないというかおをして、くびをひねりました。

それから二人は、あの宝物の話をしました。莉子は自分のかんがえを言いました。

「あれは、たこかしら。たこで、王女さまはとぶんじゃないかな」

「たこか」

真子はくびをかしげてかんがえました。

莉子もくびをかしげてかんがえてから、いいました。

「でも、たこなら、やわらかいわよね。布でくるんではこぶのは、おかしいわね」

「そうね」

「空とぶじゅうたん？　ばらばらになって、そのうちの一枚が、穴にやってきたのかしら」

「じゅうたんも、やわらかいわ」

「じゃあ、ひこうきのはねじゃないかしら」

「はねだけで、とんだりできないわ」

　わからないので、二人はべつのことをしゃべりました。

「真子ちゃんは、なん年生？」

「三年生よ」

「いっしょね。あたしも三年生」

　二人はよろこびました。

「きのう、あたし、お母さんにぶたれたの。手を、つよく」

「いたかった？」

「いたかったわ。もうすこしで、ほねがおれそうだった」

「ひどいことするのね」

「自分のへやが、マンガのいえみたいに、二かいにあって、自分の足も、ふつうだったらよかったのにっておもった」

「どうして？」

「そしたら、もっと、へやにとびこんだってかんじになってたでしょ？　かいだんをバタバタかけ上っていったら。お母さんが、自分がやったこと、もっとこうかいしてくれてたでしょ?」

「そうね」

真子はうなずきました。

それから莉子は、真子に、おばあちゃんのことをいいました。

「おばあちゃんが、びょうきでにゅういんしているのよ。おなかに、わるいものがあって、手じゅつをするの。そうしたら、おなかからゼリーをたべるようになるんだって」

「きっと、おいしくないわね」

「そうなの。あたし、ゼリーなら三こくらいいっぺんに食べられるけど、おなかから

廊下を近づいてくる足音がしたので、素早くノートを閉じた。肩に力を込めて身構え、背後のドアが開けられるのを待った。

「——お勉強してるの?」

無理やりのような笑顔でいるに違いない。そう思って肩越しに振り返ると、やはり母は予想どおりの表情で莉子を見下ろしていた。

「宿題？」

「ノート見てただけ」

わざと冷たい声を返すと、母の笑顔が揺れた。

母は莉子の隣に来ると、膝《ひざ》を落として顔の高さを合わせ、昨日のことを話した。あれは叩くつもりではなかったのだと、母は言った。

「お腹を押すとよくないから、お母さん、慌てちゃったの。莉子の手をね、ただどけようとしたんだけど、慌ててたから、叩くみたいになったのよ」

「いいよ、べつに」

早く出ていってもらいたくて、莉子は言った。

「赤ちゃん、大事だから、しょうがないよ」

「――わかってくれる？」

「わかってる」

母の顔が、今度は本当に笑った。莉子にはそれが、大事な赤ん坊を敵から守ることができて嬉《うれ》しがっているように見えた。

「明日、図書館に行くわよ。ちゃんと説明できる？」

「できる」

部屋を出た母の足音が、ゆっくりと遠ざかっていくのを聞きながら、莉子はふたたび鉛筆を握った。

「そうなの。あたし、ゼリーなら二こくらいいっぺんに食べられるけど、おなかから食べるなんて、なんかいやだから、一こだっていらない。だから、おばあちゃんすごくかわいそう。それなのに、お母さんは生まれてくる赤ちゃんのことばっかり気にして、おばあちゃんのことなんて、かんがえていないのよ。お父さんだって、そうなのよ」

「たぶん、そうでしょうね」

「あたしのことだって、ほんとはぜんぜんかんがえていないの」

「お母さんは、かんがえてるふりをするのがうまいのね」

「自分がきらわれるのが、いやなんだわ」

（六）

それから毎日、莉子は国語のノートの中で真子と話した。

学校から帰ると学習机にノートを広げ、途中で何度も鉛筆を削り直しながら、右手が疲れるまで話した。学校で脚やお腹を笑われたこと。とくに嫌いなクラスメイトのこと。昼休みのうちに黒板に描かれていた自分の姿。遠足のとき、ずっと一人だったこと。祖母とのいろいろな思い出。雛壇《ひなだん》の中に隠れたこと。そこで偶然聞いてしまった父と母の話。

授業中も、隙を見ては真子と話した。どの授業でも、ノートはいつも二冊重ねて机に置き、先生が黒板に顔を向けた隙に、上のノートをはぐって真子に話しかけるのだった。クラスメイトたちがときおり、くすくす笑いながら小さなメモをこっそりやりとりしているのを見るけれど、あれはこんな気持ちを味わいたくてやっていたのだろうかと莉子は思った。

早く会話の先をつづけたくて、つづけたくて、たとえば言葉を書き間違えたり、書いたあとで別の言葉に変えたくなったときも、消しゴムなんて使わず、ただそのまま行だけ変えて書き直した。消しゴムというのは、読み直すときのためにあるのだと莉子は知った。

「お母さん、生まれてくる妹

子どもに、あたしのふくをきせようとしてるのよ。赤ちゃんのときの」

莉子は真子にもんくを言いました。真子は、かわいそうだという顔で莉子を見ました。

「なんか、いやね」

「そうなの。赤ちゃんのときの自分が、きえちゃうみたいで、いやなの」

「ずるい

ずうずうしいわね。だって、いまはつかっていないかもしれないけど、もともとみんな莉子ちゃんのものなのに」

「お金がたいへんだから、しょうがないのかな」

「そう

ちがうよ。お金なんて、そんなにかからないよ。だって赤ちゃんのふくなんて小さいんだから。莉子ちゃんのお母さんは、莉子ちゃんのことをかんがえていないだけだよ。自分のふくを、べつの赤ちゃんにきせられて、莉子ちゃんがどんなふうにかんじるかなんて、かんがえていないんだと思う」

「自分がどんなふうに思っているか、お母さんに言ったほうがいい?」

「言ってもしょうがないでしょ。莉子ちゃんのお母さん、たぶんわかってくれない」

「じゃあ、どうすればいい？」

「なくなっちゃえばいいんだよ。莉子ちゃんがつかっていたふくとか、みんななくなっちゃえば、あたらしい子につかえないでしょ？」

「かくす
すてるの？」

「そうよ、すてちゃうの」


そう書いた夜、母が風呂《ふろ》に入っているときに、莉子は居間の押し入れを開けた。赤ん坊のための服は、探すまでもなかった。いつの間にか母は、衣装箱の一つを空にして、その中に産着《うぶぎ》やがらがらを入れ、押し入れのいちばん手前に置いていたのだ。蓋《ふた》を開けてみると、中は綺麗《きれい》に整理されていた。


産着の柄も、がらがらにプリントされたカバの絵も、莉子は一つも見憶《みおぼ》えがなかった。

「ほんとに、あたしのなのかな」

首をひねって呟《つぶや》くと、

「はやく」

耳元で声がした。

「はやくしないと、お母さん、お風呂からでてきちゃうよ」

もちろん、ただそんな気がしただけだった。

莉子はゴミ袋を取りに台所へと急いだ。冷蔵庫の脇《わき》のワゴンからゴミ袋を取って戻り、衣装箱の中身をつぎつぎそれに詰め込んでいった。最後の産着を放り込むと、袋の口を縛り、玄関の鍵《かぎ》を開けて外に出た。外は真っ暗で、冷たい風がひゅっと鼻先を吹き抜けた。塀の内側に肩をぶつけながら、急いで家の壁を回り込み、そこに置いてある大きなレジャーボックスの蓋を開けた。自転車の空気入れや、工具箱、タイルの目地を埋めるボンドみたいなものなどが、暗がりの中にぼんやりと浮かんで見える。莉子はそこにゴミ袋を投げ入れ、逃げようとする動物を閉じ込めるように、蓋を閉めた。

明日、学校へ行くとき、このゴミ袋をこっそり持って出よう。そして、すぐ近くにある空き地に投げ捨ててから、学校へ向かおう。あそこなら、莉子の背丈よりも高いススキがたくさん生えているから、誰も気づかない。

「平気だよね」

「へいきだよ」

祖母の容体が急変したと病院から連絡があったのは、その夜のことだった。

（七）

「おばあちゃん、手術ができないかもしれないんだって。病気が急に悪くなっちゃったから、いまは、そっとしとかなきゃいけないんだって」

「しゅじゅつができなかったら、どうなるの？」

「わからない」

「おばあさん、おきるの？」

「当たり前でしょ」

「そうだよね。このままで、元気だったんだもんね」

「あたし、お雛様が出ているあいだに、おばあちゃんの手術が終わってほしい」

「どうして？」

「おばあちゃん、お雛様見たいだろうから。いっしょに暮らしはじめるのが、仕舞っちゃってからだと、きっとがっかりするでしょ」

「そっか。じゃあ、あと少ししかないね」

「でも、もしこのままずっと起きなかったら、お母さんもお父さんも、嬉しいかもしれない」

「いえで、おせわしないでいいから?」

「そう。楽だから」

祖母はベッドの上で目をつぶり、管《くだ》のついた透明なマスクが鼻と口を覆《おお》っている。呼吸につれて、マスクの内側が息で白くなったり透明になったりしていて、そのテンポは普通の寝息と変わらないように思えた。

病院から電話のあった翌日、父と母と三人で来たときにはもう、祖母はこの状態だった。その翌日、いったんは目を醒《さ》まして医者と会話をしたらしいのだが、やがてまた眠りに落ち、それから三日間というもの、一度も起きてくれない。――ノートも鉛筆もなく、莉子が真子と話せるようになったのは、その三日間でのことだった。

真子の声は、ときに耳元で、ときに自分の胸のあたりから聞こえた。それは、まるでちょこまかと枝移りする小鳥のようで、莉子は嬉しさともどかしさを同時に感じた。『空とぶ宝物』のページにパステルカラーで描かれていた可愛らしい真子の姿が、自分の視界の中で、いつも見え隠れしている気がした。真子に話しかけるとき莉子は、実際に声を出したり、心の中で出したりした。

母は日に一度、莉子を連れて祖母の様子を見に病室へ通っていたのだが、今日は産科の診察があるので、自分が通っている病院まで出かけていった。だから莉子は、いつかのように一人でバスに乗ってここへ来たのだった。

一人で来たことが知れたら、また母に叱《しか》られるだろうか。


帰り道、行き合った小学生の男の子がスニーカーを履いていたのを見て、莉子は思いついた。

「何か、占いやろっかな」

「おばあさんの、びょうきがよくなるように?」

「そう。早く目をさますように」

何にしよう。この前やった結び目のやつは、もう少しで完璧《かんぺき》だったというのに、最後の最後にあの男の人に邪魔されてしまった。そのあと祖母の容体が急に悪くなったので、今度は確実なものにしたかった。

「なにかがあるといいんじゃなくて、ないといいことにしない?」

なるほど、そのほうがたしかに上手《うま》くいきそうだ。莉子はここから家までの道のりで、なるべく見かけそうにないものを考えてみた。ただし、絶対に見かけないというものでは駄目だ。もし上手くいったとしても、なんだか信用できないから。人が関係するものも、前回失敗していたのでやめておこう。

「犬を見なければ、いい」

「イヌはけっこういるわ」

「じゃ、ブルドッグ」

「人がつれてるものは、やっぱりしんようできない」

「鳥は？」

「イヌよりたくさんいるとおもうわ」

「花。まだあったかくなってないから、花は咲いてないんじゃないかな」

と言ってから莉子は、学校の花壇で菜の花を見たことを思い出した。もう咲いている花もあるのだ。

「アリ！」

急に真子が言った。そういえば、この前「ばらばらの穴」を探したときに蟻《あり》の巣をいくつも見たけれど、蟻そのものはいなかった。寒いので、きっとまだ冬ごもりしているのだろう。『アリとキリギリス』の印象からしても、蟻は長いこと冬ごもりしているのではないかという気がする。

「蟻ね。じゃあ、家に着くまで蟻を見なかったら、おばあちゃんは目をさます」

「アリを見たら、さまさない」

「見てもさます。でも、ちょっと時間がかかる」

「いいわ」

莉子は地面を眺めながら路地を歩きはじめた。

やはり、虫なんてどこにもいない。歩道の脇の花壇をちょっと覗いてもみたが、動いているものは何も見えなかった。

「真子ちゃんには、おばあちゃんいる？」

顔を下に向けて歩きながら話した。

「いないわ。だから、かぞくがばらばらになったとき、はなしをきいてくれる人がいなかったの。莉子ちゃんはいいわね、やさしいおばあちゃんがいて」

「でも、話を聞いてもらうなんてできないわ」

「そっか。莉子ちゃんがなやんでるのは、お父さんとお母さんが、おばあちゃんのことをひどくいってるせいだものね」

「そうよ」

「莉子ちゃんとおばあちゃんは、どうしてなかがいいの？」

「お腹に子供ができる前は、お母さん、パートしてたの。スーパーのレジをやってたのよ。だから、あたしが幼稚園のとき、よくおばあちゃんが迎えに来てくれたわ。それで、二人でおばあちゃんのアパートまで帰るの。夕方までいっしょにいたの」

幼稚園からアパートまで、祖母に絡《から》まるようにして歩いていた自分を莉子は思い出した。祖母の腕を両手で抱き寄せると、お香のようないいにおいがした。

「小学生になったら迎えには来なくなったけど、あたししょっちゅう、学校が終わるとおばあちゃんのアパートへ行ったわ」

「いえにかえっても、だれもいないから?」

「そう。それに、おばあちゃんといたほうが楽しいの。学校で、友達と上手に話したり遊んだりできなくても、おばあちゃんといると、ぜんぶ忘れられたの。お母さんは、すぐ叱るから、嫌だった。学校でみんなに笑われたり、馬鹿《ばか》にされたり、体育の時間に一人だけ見学したりしてることが、お母さんといると、なんだかすごく悪いことみたいに思えるの」

祖母のアパートにいる時間は、とても安心できた。祖母がやわらかい、ゆっくりとした口調で話しているのを、壁に背中をもたれさせて聞きながら、眠たくなって目を閉じてしまうときもあった。祖母の声がだんだんと遠くなっていくのが、莉子は好きだった。

「じゃあ、はやくおばあちゃんのしゅじゅつがおわって、いえにくるといいね。まいにち、しゃべれるものね」

「うん……」

莉子の返事は曖昧なものになった。

「どうしたの?」

少し迷ったが、言ってみた。

「おばあちゃんもやっぱり、赤ん坊のほうが可愛いかな」

「莉子ちゃんより?」

「そう」

「まあ……そうね。赤ちゃんって、かわいいものね」

「うん」

「おばあちゃん、赤ちゃんのほうをかわいがるかもしれないわね」

「脚もちゃんと曲がるし、お腹もたるんでいないし」

「でもしょうがないよ。もうすぐ生まれてきちゃうんだから。だって、ずっとおなかの中にいろっていってもムリでしょ?」

「無理」

「出てこないようにするほうほうなんて、ないもんね？」

そう言ったとき、真子の声には、どこかかためすような響きがあった。莉子は何かふっと背中に隙間風でも吹き込んだような気がして、じっと地面を見つめたまま唇を結んだ。真子はそれ以上、何も言わなかった。

「あ」

莉子が思わず立ち止まったのは、それからすぐのことだ。

おんぼろアパートの駐車場の前に、ジュースの自動販売機が一台置かれている。その自動販売機のすぐ脇、灰色のアスファルトの上に、黒くて小さなものが集まっている。

「アリ……」

誰かが地面にジュースでもこぼしたに違いない。黒い布の切れ端でも落ちているように、そこには無数の蟻がびっしりと集まっていた。

「莉子ちゃん……ごめんね」

何を謝られたのか、一瞬わからなかった。しかしすぐに、蟻を占いに使おうと言い出したのが真子だったことを思い出した。

「こんなにたくさん、見ちゃったね。おばあちゃん、ひょっとしたら――」

「平気だよ」

反射的に遮った。

誰かに背中を押されたように、莉子は自動販売機のほうへ近づいていった。左脚を軸にしてコンパスのように右脚を持ち上げると、勢いよく地面に振り下ろした。二度、三度と、足の裏が痛くなるほど強く踏みつけて、そのまま靴裏で地面をこすった。逃げ出そうとする蟻は、追いかけて踏み殺した。遠くのエンジン音や、微《かす》かに吹いていた風の音が、耳に指でも押し込んだように、すっかり聞こえなくなっていた。莉子は、身体《からだ》が千切れたままぴくぴくと脚を震わせている蟻から、視線をねじるようにして目をそむけた。電線も、ゴミ捨て場のビニール袋も、コンクリートの隙間から生えた雑草も、みんな息を止めたようにひっそりとして動かない。顔を上に向けると、空は、死んだ魚のお腹みたいに白かった。

「莉子ちゃん……おばあちゃんに目をさましてほしいんだものね」

周囲の音が遠ざかっても、真子の声だけは、それまでよりもむしろはっきりと聞こえていた。

「でも、これでだいじょうぶだわ。アリはみんなしんじゃったから、見てないのといっしょだもの」

「見たわ。見たから踏んだの」

「そうだけど――」

ここで、名案を思いついたように、真子の声が急に明るくなった。

「そうだ、あたしがやったことにすればいいのよ。アリを見つけてふんだのは、莉子ちゃんじゃなくて、あたしってことにすれば。それならいいでしょ？　あたしがアリを見つけてふんだんだから、莉子ちゃんはなんにもズルしてない。このまま、いえまでアリを見なければ、一ぴきも見なかったことにできるわ」

ゆっくり時間をかけて、莉子は頷《うなず》いた。

（八）

予感があった気もする。

しかし、唐突だったようにも思える。

たとえばそれは、初めての体験のはずなのに、いつか自分が同じことをした気がしてならないときのように、やっぱり、という思いと、何が起きるのだろう、という思いが胸の中で混ざり合った、奇妙な感覚だった。

「あのね……あたし、ほんとはしってるの」

真子がそう話しかけてきたのは、その夜、布団《ふとん》の中で莉子が暗い天井を見つめていたときのことだ。

「……何を？」

唇だけを動かすようにして、莉子は訊《き》き返した。

「赤ちゃんが、生まれないようにするほうほう。赤ちゃんがおなかのなかで、ダメになっちゃうほうほう」

莉子は返事をしなかったが、真子はお構いなしにつづけた。

「たとえば、おなかになにかがつよくぶつかるとか、そういうことがあると、赤ちゃんってダメになっちゃうんだって。莉子ちゃん、しらなかった？」

知っていた、と答えようとした。が、その瞬間、胸をひやりと冷たい手で触られたような気持ちがして、慌《あわ》てて首を横に振った。

「知らなかった」

「そう。じゃあおしえてあげるね」

真子の声が、さっきまでよりも耳元へ近づいた。

「あのね、そういうことがあると、赤ちゃんってダメになるんだって。このまえも、莉子ちゃんのお母さん、莉子ちゃんがおなかをおさえたとき、莉子ちゃんの手をたたいたんでしょ？　まるで、いやな動物かなにか、ふりはらうみたいにして」

「そんな叩きかたじゃなかった」

「うそ」

「ほんとよ」

莉子が少し大きな声でそう言うと、真子は黙った。しばらく部屋は完全な静けさに包まれていたが、やがて、黙っていたことをすっかり忘れたような口調で真子がまたつづけた。

「あのね、あたし思いついたのよ」

ティッシュペーパーを丸めた音のような、微かな笑いが、暗がりに響いた。

「ひるま、かいだんを見てて、かんがえたの。もしあそこのいちばん上からおちたら、ぜったいにおなかをぶつけるわよね。すごくつよく」

自分の心臓が、胸に何か小さな動物でも閉じ込められているように動いているのを、莉子は意識していた。

「ばれないように、できると思わない？」

「しない。そんなこと」

どうしてか、病室でじっと目を閉じて眠っていた祖母の顔が浮かんだ。バス会社に電話をかけ、莉子を安心させようと笑ってくれた祖母の声が思い出された。ついで、右手をはたかれたときに見た、母の尖《とが》った目つきが胸によみがえった。母は「この子」には優しい目を向けて、「あの子」にはあんなに怖い目を向けた。学校の黒板に描かれていた自分の絵。カエルみたいにがに股《また》で、お腹《なか》が地面につきそうなほど垂れていた。廊下を歩くとき、みんなが向ける目が、あの絵が描かれたあとはいっそう嫌なものに変わった気がする。莉子はそれを視界に入り込ませないよう、いつも前だけを向いて歩いた。そうして歩くと、脚のせいで、廊下ががくがくと左右に揺れた。海の上で、船にだんだんと水が入り込んでくるように、廊下が揺れるたび、下の瞼《まぶた》に涙がたまった。トイレの個室に入るのはいつも、それが溢《あふ》れて頬に流れる直前だった。

「やってみればいいのに。しっぱいするかもしれないんだから、ためしに」

「やらない」

「だって、はやくしないと、生まれてきちゃうんだよ？　莉子ちゃんににてるけど、莉子ちゃんよりずっと小さくて、ずっとかわいいんだよ？」

そんなのは当たり前のことだ。姉妹なのだから。小学生と赤ん坊なのだから。

「あしだって、ちゃんとしてるんだよ。おなかだって、ぶよぶよじゃないんだよ」

耳から身体へ入り込んでしまった真子の声を押し出すように、莉子は全身に力を入れた。もうこれ以上は聞かない。真子の声なんて聞こえない、もともと聞こえるはずがないのだから。莉子は自分自身の心にそう語りかけ、語りかけ、納得させた。——しかし。

「おばあちゃんも、もう莉子ちゃんにやさしくしてくれなくなるかもしれないね。赤ちゃんが生まれたら」

「そんなことない……おばあちゃんだけは」

暗い天井が、自分のほうへどんどん下りてくるような気がした。じっと見ていると息が苦しくなってきて、莉子は両目をきつく閉じた。すると耳鳴りのような甲高い音が両耳から入り込み、頭の中で反響しはじめた。莉子はいっそう瞼に力を入れ、強く歯を食いしばった。しかし耳鳴りのような音は、秒を刻むごとに高く大きくなっていき、それでも真子の声は、いままでよりもはっきりと聞こえてくるのだった。

「明日、やってみようよ」

「かいだんからおちるようにすればいいだけなんだから、かんたんでしょ？」

「たとえばセッケンはどう？」

「お母さんが二かいにいるとき、こっそりかいだんの一ばん上にセッケンをぬるの。莉子ちゃんが二かいにいくことなんて、いつもないでしょ？　だから、莉子ちゃんがなにかやったなんて、ぜったいにばれないよ」

「莉子ちゃんができなければ、あたしがやってあげる」

「お母さんがびょういんにはこばれたら、そのすきにセッケンをぞうきんでふいておかなきゃね」

「そうしておかないと、あとでばれちゃうもの」

「あしたは日ようびだから、ちょうどいいわ」

「お母さんが二かいのそうじにきたとき」

「かいだんにセッケンをぬるの」

真子の声は、耳からではなく頭の内側から聞こえていた。しかし、息を吸ったときは真子の声も途切れ、息を吐くタイミングに合わせて、彼女の声は聞こえてくるのだった。どっどっどっどっと胸が鳴っている。莉子は布団の中で汗ばんだ両手を握った。すると、掌《てのひら》や指先に感じられる生ぬるい汗が、真子の汗と混ざり合っているように思えた。額に張りついた髪も、真子の髪のように感じられた。

「いまのうちに、あたらしいセッケンをへやにもってこようか」

「早めにじゅんびしておいたほうがいいもんね」

莉子は暗がりの中で上体を起こした。全身が熱くて、二人分の体温が、肌の内側で逃げ場を探していた。

Epilogue

「この宝物《たからもの》は、ずっとまえ、きみやタンポポの花《はな》びらや、くつのかたっぽとおなじように、ここへきたんだよ」

「じゃあ、ばらばらになったものの一《ひと》つなのね？」

「そういうこと」

「あたしのしってるもの？」

「だれでもしってるよ。子《こ》どもだって大人《おとな》だって」

生《い》きものはおかしそうにわらいます。

そうしているあいだにも、ろうかをはこばれてきた宝物《たからもの》は、王女《おうじょ》さまのへやの中《なか》へもちこまれようとしていました。平《ひら》たい、布《ぬの》でくるまれたもの。空《そら》をとべる宝物《たからもの》です。

「さあ、ちかみちをあけよう！」

生《い》きもののひとりがいい、へやのかべに体《からだ》をむけました。するとほかの生《い》きものたちも、かべのほうをむき、ぜんいんでタイミングをあわせて、パンパンパンと手《て》をたたきました。

「ちじょうに出《で》るには、ここからいくのがはやいんだ」

真子《まこ》はおどろきました。かべに、音《おと》もなく、四角《しかく》い穴《あな》がぽっかりと口《くち》をあけたのです。

「きみも、いっしょにくるだろう？」

「いくわ。気《き》になるもの」

「それじゃあ、王女《おうじょ》さまのベッドをもち上《あ》げるのをてつだって。ベッドごと、ちじょうまではこぶから」

「あたし、宝物《たからもの》のほうをてつだうわ」

「こっそり布《ぬの》の中《なか》をのぞくつもりだね？　ダメだよ。さ、ベッドのはしをもって」

真子《まこ》はしかたなく、青白《あおじろ》い生《い》きものたちとならんで王女《おうじょ》さまのベッドに手《て》をそえました。王女《おうじょ》さまは、ちかくで見《み》るといっそうきれいで、いっそうかなしげでした。

「さあ、王女《おうじょ》さまのびょうきをなおすために、いこう！」

「空《そら》をとんでもらおう！」

「じゆうにとんで、元気《げんき》になってもらうんだ！」

生《い》きものたちは、いきぴったりにベッドをもち上《あ》げ、へやの中《なか》で半《はん》かいてんさせ

「……お母さん、もう行くけど」

母の声に顔を上げた。病室まではいっしょに来たのだが、母は体調がすぐれず、先に病院を出ることにしたのだ。

「莉子、一人で平気？」

「平気よ。お母さんこそ平気？」

こちらを見つめ返す母の目は、ぼんやりとしていて、表面にほこりでもかぶったようだ。「平気」と短く答え、母はその目をベッドの祖母に向ける。祖母は、莉子たちが病室に入ってきたときも眠っていて、まだ眠りつづけている。

「じゃあ、頼むわね」

うっすらと頬笑《ほほえ》む母のお腹《なか》に、もう「この子」はいない。

「お母さんのこと、しんぱいして、やさしいね」

真子が囁《ささや》いた。

「だってお母さん、すごく疲れてるんだもん。心配してあげなきゃ」

答えながら莉子は、病室を出ていく母の細い後ろ姿を見送った。

平らになった母のお腹を見るたび、莉子は胸がすっと穏やかになるのを感じる。

あの日の昼、物音と呻《うめ》き声が聞こえたとき、莉子は自分の部屋にいた。廊下に出てみると、階段の下で母がうずくまってお腹を押さえていた。顔中に汗をかいているのに、頬も額も真っ白だった。

――電話……莉子、病院に……。

莉子は母の指示どおりにてきぱきと電話をかけた。車で病院に運ばれていく直前、母は息を荒らげながら莉子を振り返り、急に真《ま》っ直《す》ぐな目をして、何か言おうとした。しかしそのとき痛みがまたやってきたらしく、顔を歪《ゆが》めて呻いた。そして、けっきょくそのまま病院へ運ばれていった。莉子は路地に立ち、遠ざかる車を見送った。そのとき自分の中に溢《あふ》れかえっていた、あの何とも言えないわくわくした気持ちは、いまでも鮮明に思い出すことができる。

「……その本、なあに？」

ベッドから急に声がした。

いつのまにか、祖母は目を醒《さ》ましていたらしい。

「これ、『空とぶ宝物』よ。憶《おぼ》えてない？」

黙ったまま、祖母はゆるくまばたきをする。

「ほら、前に、あたしがバスの中に忘れちゃった本。ここへ来るときに」

枕《まくら》の上で、祖母はじっと遠くを見るような目つきをした。そのまましばらく宙の一点を見つめていたが、やがて目と口がふわりとほどけて笑顔になった。

「一人でお見舞いに来てくれたときに、失《な》くしちゃった本ね？」

「そう、おばあちゃんが、バス会社の人に電話で訊《き》いてくれて」

祖母は横になったまま頷《うなず》き、掠《かす》れた声で先をつづける。

「けっきょく、見つからなかったんだっけね」

「あれから見つけたのよ。取り返したの。あたし、言わなかった？」

祖母は曖昧《あいまい》に首を振る。病室で話した憶えがあるが、祖母の意識があまりはっきりしていないときだったので、きちんと理解していなかったのかもしれない。

『空とぶ宝物』を取り返した顚末《てんまつ》を、莉子はもう一度祖母に話して聞かせた。

あの兄弟を見つけたのは偶然だった。莉子が家の縁側に座り、チューリップのつぼみを眺めていたら、門の外を二人が通りかかったのだ。祖母の見舞いに行った日、病院の前で自分と入れ違いにバスへ乗り込んだ兄弟だと、莉子はすぐにわかった。近づいていって、バスで本を見つけなかったかと訊《たず》ねると、同じような顔をした二人は、同じような表情でうろたえた。自分たちの拾ったのが図書館の本だということを、きっとわかっていたのだろう。

本は家にあるらしく、訊いてみると家の場所はそう遠くなかったので、莉子は二人に案内させ、『空とぶ宝物』を取り返した。

「莉子ちゃん、しっかりしてるのねえ」

「そうよ。あたし、強いの」

「強いのねえ」

とても嬉《うれ》しそうに、祖母は笑った。そしてしばらく経《た》つと、またうっすらと目を閉じて、静かな眠りに落ちた。布団《ふとん》の上に載せた両手は痛々しく痩《や》せ細り、肌に紐《ひも》のような血管が浮き出ているが、顔はとても安らかな表情をしていた。そんな祖母の寝顔を眺めていると莉子は、いろいろなことが、すべてこれでよかったのだと思えるのだった。

それから四日後の夜、病院から電話があった。翌日の午後、母といっしょに病院へ行くと、祖母はいつかのように半透明のマスクをかぶせられ、身動きもせず、ただ静かに呼吸をしていた。折りたたみ椅子《いす》に座り、莉子がその寝顔をじっと眺めていたら、別の部屋で医者と話していた母が戻ってきた。

「普通に寝てるみたいに見えるのにね」

莉子の隣に腰を下ろし、疲れた声で母は言った。それから長いこと、何も喋《しゃべ》らなかった。

祖母はそのまま眠りつづけ、七日後の夜中に死んだ。

硬くなった祖母が家に運ばれてきた。居間で通夜《つや》が行われ、親戚《しんせき》や近所の夫婦や、いろいろな人がやってきて、祖母の白い顔に向かって手を合わせた。何人かは涙を流し、父と母は、ときおり思い出したように鼻声になった。それが昨日のことだ。

いま、祖母の身体《からだ》は銀色の台の上で焼かれている。

両親や親戚たちが待合室でお茶を飲んでいるあいだ、莉子は葬祭場の玄関ホールを抜けて外に出た。建物は高台にあり、吹き抜ける風には冬の硬さがあった。

「ずっと前にね」

あれはサンゴジュだろうか。冬でも青々としている葬祭場の植え込みを眺めながら、莉子は言った。

「朝の葉っぱを見るように言われたの。おばあちゃんに」

「はっぱ？」

真子が訊き返す。

「朝の葉っぱは、ナントカってのを出してて、それにはナントカっていう力があって、それが身体に入ってくると、元気になるんだって」

「そうなんだ」

「嘘《うそ》だけどね」

莉子が言うと、真子は話のつづきを待つように黙った。

「ナントカっていうの、あれ、でたらめだったんだよ。おばあちゃん、あたしに、ただ上を向かせたいだけだったんだと思う。朝、学校に行くとき、上を見ながら歩かせたかっただけ。あたしが、ああしなさい、こうしなさいって言われると、余計にそれをしなくなるって、おばあちゃん知ってたから」

「だから、はっぱを見てあるけっていったの？」

「たぶん、そう」

風がサンゴジュの葉を鳴らした。

寒空《さむぞら》の手前で揺れる葉を、莉子はしばらく見つめた。

「あたし、決めたの。もっとたくさん、いろんな本を読むんだ。これまでより、ずっとたくさん。それで、おばあちゃんみたいになるの」

「おばあちゃんみたいに？」

「そう。誰かを元気づけたり、自分の考えをうまく伝えたりするには、いろんなこと知らないと駄目なんだよ、きっと。だからあたし、たくさん本読むの。本読んで、いろんなことを知るの」

思えばあの『空とぶ宝物』も、莉子に大切なことを教えてくれた。

あれから真子と青白い生きものたちは、王女さまをのせたベッドと布にくるまれた宝物を、みんなで持ち上げて——。


「ぶつけちゃダメだぞ、しんちょうに!」

「おいそこ、まっすぐあるいて!」

「王女《おうじょ》さまをゆらすんじゃない!」

「まだまだ先《さき》はながいぞ!」

生《い》きものたちは口《くち》ぐちに声《こえ》をはりながら、ちじょうへとつづくひみつのつうろをすすんでゆきます。つうろは彼《かれ》らの光《ひかり》でふんわりとてらされて、真子《まこ》はなにか、自分《じぶん》たちが青白《あおじろ》い一《ひと》つのかたまりになったようにおもえました。だから、足《あし》がつかれても、手《て》がつかれても、みんなといっしょになって、けんめいにベッドをはこびました。

ながい、ながいつうろでした。真子《まこ》があれほどのいきおいで、けっこうな時間《じかん》をかけておちてきたきょりを、こうしてゆっくり上《のぼ》っていこうというのですから、とうぜんです。

「王女《おうじょ》さまのびょうきをなおすんだ！」

「かなしむびょうきをなおすんだ！」

「空《そら》をじゆうにとんでもらわなきゃ！」

「とびまわってもらわなきゃ！」

みんなの青白《あおじろ》い光《ひかり》にてらされながら、王女《おうじょ》さまはベッドの上《うえ》でゆられていました。そのよこずわりになって、あごをそらし、つうろの先《さき》をじっと見《み》つめています。そのよこ顔《がお》は、あいかわらずかなしげで、つかれたようすでしたが、それでも両目《りょうめ》が、だんだんと明《あか》るくかがやいていくことに真子《まこ》は気《き》づいていました。

生《い》きものたちと真子《まこ》は、いきをきらしながらベッドと宝物《たからもの》をはこびました。このときになるともう真子《まこ》は、宝物《たからもの》の正体《しょうたい》なんてどうでもよくなっていました。ただ、みんなといっしょに、王女《おうじょ》さまをたすけたい。そう思《おも》うようになっていたのです。

「もうひとふんばり！」

「みんな、がんばれ！」

「もう少《すこ》しよ！　もう少《すこ》し！」

いつのまにか、真子《まこ》も生《い》きものたちとおなじように声《こえ》をはり上《あ》げていました。

やがて、ゆくてが少《すこ》し明《あか》るくなってきました。そして、生《い》きものたちが口《くち》ぐちに、よろこびの声《こえ》をきかせたのです。

「さいごのまがりかどだ!」

「いよいよちじょうに出《で》るぞ!」

ベッドの上《うえ》で、王女《おうじょ》さまがにっこりとほほえみます。みんなでさいごの力《ちから》をふりしぼって、かどをまがります。

目《め》の前《まえ》が、ぱっと明《あか》るくなりました。もうすぐちじょうです。つかれきっていたはずのみんなの足《あし》が、ぐんぐんはやまります。明《あか》るいちじょうの光《ひかり》は、どんどん明《あか》るく、明《あか》るくなって、その明《あか》るさは生《い》きものたちの青白《あおじろ》い光《ひかり》をかきけし、かれらと王女《おうじょ》さまと真子《まこ》を、あたたかくつつみこんでいくようでした。

「とうちゃくだ!」

「ちじょうだ!」

「やった!」

ゆるい風《かぜ》がふいていました。

その風《かぜ》は、なつかしいような、かなしいようなにおいがしました。

生《い》きものたちと真子《まこ》は、ベッドをゆっくりと地《じ》めんへ下《お》ろしました。その上《うえ》では王《おう》女《じょ》さまが、まぶしい光《ひかり》をぜんしんにあびるように、りょう手《て》をひろげて顔《かお》を上《うえ》にむけています。

「宝物《たからもの》をあけよう」

とうとう、布《ぬの》がとりはらわれるときがきました。

真子《まこ》は息《いき》をのみ、生《い》きものたちがていねいに布《ぬの》のむすび目《め》をほどくのを見《み》まもりました。それは二《に》じゅうのむすび目《め》でした。さいしょのものを、二人《ふたり》の生《い》きものがほどくと、べつの二人《ふたり》がつぎのむすび目《め》に手《て》をかけ、

「それっ！」

布《ぬの》がかんぜんにとりはらわれました。

くるまれていた宝物《たからもの》が、たいようの下《した》にさらされます。

「えっ」

真子《まこ》は思《おも》わず声《こえ》を上《あ》げました。

それもそのはずです。布《ぬの》でたいせつにくるまれていたのは

「――かがみ？」

やはり、真子にも意味がわからなかったらしい。不思議そうに莉子を見上げた。

「そう、鏡」

莉子はサンゴジュの葉に目を戻して頷いた。

「布に包まれて運ばれてきたのは、鏡の欠片《かけら》だったの」

それは、むかし真子の母親が醤油瓶《しょうゆびん》を投げて割った、あの鏡の欠片だった。ばらばらになった一部が、穴にやってきていたのだ。

「かがみで、どうやって空をとぶの？」

真子が首をひねるのも当然だ。莉子だって、最初に読んだときは意味がわからなかった。しかし、その先につづいていた文章を追っていくうちに、だんだんとわかってきたのだ。

「生きものたちは、まず鏡をこうやって、地面に置いたの」

莉子はサンゴジュの葉を一枚摘み取り、足元に置いた。

「そこに、王女さまが横たわったの。うつぶせに、こんなふうに」

もう一枚の、少し小ぶりの葉を摘み取って、地面の葉に重ねた。真子は額に皺《しわ》を寄せて莉子の手もとを眺めていたが、

「……それで？」

顔を上げ、こちらを見た。

「それだけ」

莉子は真子のやわらかな髪をそっと撫《な》でた。

「……それだけ？」

「そうよ。王女さまは、そこに横たわって、ただじっと鏡を見つめただけだったの。それで、空が映った鏡を見つめて、飛んでる、飛んでるって言ったのよ。そうしたら、集まった生きものたちは一斉に拍手をして喜んだの。王女さまが飛んだ、王女さまが飛んだって」

真子は小首をかしげ、地面に重ねたサンゴジュの葉を見て、それからまた莉子の顔を見た。白くて小さな額に、もどかしげな皺が一本浮いている。額に垂れた前髪が風に揺れ、その風が、二人の足元からサンゴジュの葉をさらっていった。

「とんでっちゃった」

葉の行く手を、真子はしばらく目で追っていたが、やがてのどをそらすと、空をじっと見上げた。そのまま彼女は黙り込んだ。五年前、自分が『空とぶ宝物』を最初に読み終えたとき、やはりそうやって長いこと空を見上げていたのを、莉子は思い出した。

「そのあとは、どうなったの？」

空を見たまま真子が訊く。

「真子は家に帰ったわ。家族のところへ帰っても、もう大丈夫だって思えたの。帰りたいって思ったの」

「なんで？」

どう答えよう。莉子は迷ったが、四歳児にはちょっと難しい答えを返してみることにした。

「どれだけ嫌なことがあっても、もう平気だって自信がついたからじゃないかな。何をどう考えるかは、自分で決めればいいんだって気づいたからだと思う」

物語の中の真子は、鏡の上で頬笑む王女さまと、それを喜ぶ生きものたちを眺めながら、こんなふうに思うのだった。


——友《とも》だちがじまんしていた海外旅行《かいがいりょこう》に、自分《じぶん》もいけるんじゃないか。目《め》をとじて、ひこうきにのって、いつだって見《み》しらぬ町《まち》をあるけるんじゃないか。洋服《ようふく》だって、いま自分《じぶん》がきているものが、せかいで一《いち》ばんかわいらしいと、いつでも思《おも》えるんじゃないか。

そして、彼女がそんなふうに考えたとたん、着ていた服がきらきらと輝きはじめ、なんとも美しい光をまとうのだった。彼女はその輝く服を着て、生きものたちや王女さまに別れを告げ、家へと帰っていった。

小さな唇を引き結び、隣で長いこと考え込んでいた真子は、やがて諦《あきら》めたらしい。莉子を見上げて、まったく関係のないことを訊いた。

「おひなさま、もうかざる？」

「飾るよ。今度の日曜日」

「真子も、てつだっていい？」

「いいよ。いっしょにやろうね」

雛飾《ひなかざ》りというのは、いくつになるまで楽しめるものなのだろう。相変わらず莉子の家では二月になると居間にお雛様を飾るが、そのときの喜びや嬉しさは、年々、少しずつだが減っていく気がする。中学二年生のいまは、自分が楽しむというよりも、四歳の妹を楽しませてやりたいという気持ちのほうが強かった。

「……なんでわらってるの？」

「何でもない」

雛壇の中に隠れて両親の会話を盗み聞きしたあの日から、もうすぐ五年が経つ。

そのあいだ何度、あの大切な『空とぶ宝物』を読み返しただろう。もちろん、そのたびに図書館から借りてくるわけではなく、いま莉子が読み返すのは、あれから小遣いで買ったものだ。祖母が死ぬ少し前も、病室で折りたたみ椅子に座って読んでいた。五年前、『空とぶ宝物』は莉子に、想像というものの正しい使い方を教えてくれた。そのおかげで莉子は、あの架空の友達とさよならをすることができたのだ。

本を取り戻したのは、母に対して怖《おそ》ろしい感情を抱いた翌日のことだった。前夜のうちに用意しておいた石鹸《せっけん》をスカートのポケットに忍ばせ、莉子は縁側でチューリップのつぼみを見つめていた。頭の中で架空の友達の声を聞きながら、膝《ひざ》を小さく震わせて、身体中にあふれかえった感情の熱さと冷たさに耐えていた。すると、門の隙間《すきま》から覗《のぞ》く路地に、あの兄弟の姿を見かけたのだ。

二人から本を取り返したあと、莉子は自分の部屋で物語のつづきを読んだ。ページをめくり、めくり、めくって――空飛ぶ宝物の正体を知ったその瞬間、それまで自分の心を握り込んでいた大きくて不気味な手が、ふっと力を緩めたのを感じた。その隙間を、莉子はすり抜けた。すると呼吸が楽になった。身の回りのすべてが、洗ったガラスを通したように、急にはっきりと、活《い》き活《い》きして見えた。耳から聞こえてくるのは自分の息の音や、家の外で鳥が囀《さえず》る声だけで、絶えず響いていたあの見えない友達の声はどこかへ消えていた。

莉子は立ち上がって台所へ行き、ポケットの石鹸を生ゴミの袋に放り込んだ。それから玄関を出て、いつか産着《うぶぎ》やがらがらを捨てた空き地へと、脚を引き摺《ず》りながら急いだ。空き地では無数のススキが夕日を透かして橙《だいだい》色に光っていた。硬いその茎を両手で掻《か》き分けながら奥へ進んでいくと、ゴミ袋はカラスにでもやられたらしく、ぼろぼろに破れ、中のものはみんな雨風にさらされて汚れきっていた。莉子はそれを一つ一つ集め、胸に抱えていった。たくさんあったので、そのうち、一つを抱えると一つが落ちるようになり、哀《かな》しくて、悔しくて、涙が溢れた。最後には産着やがらがらを、破れたビニール袋でくるむようにして、なんとかひとまとめにして抱え、家へ戻った。

ビニール袋の端を引き摺りながら帰ってきた莉子を見て、母は驚いてあれこれと問いただした。しかし莉子は何を言おうとしても言葉にならず、ただ声を上げて泣いた。母はやがて、どの程度まで事情を察したのかはわからないが、黙って莉子の頭を抱き寄せてくれた。母のお腹はとてもあたたかく、自分の嗚咽《おえつ》の合間に、その内側で妹が動いたのがわかった。

数日後、掃除中に母が廊下で産気づき、莉子の連絡でやってきたタクシーに乗って病院へ運ばれていった。

そして妹が生まれたのだ。

彼女の名前を決めるとき莉子は、取りあってもらえないと覚悟しながらも、自分の意見を言ってみた。しかし父も母も、手術が成功して同居をはじめていた祖母も、「真子」という名前をとても気に入ってくれた。祖母が冗談まじりに「真子ちゃん」と呼びかけてみたら、もちろん偶然なのだが、赤ん坊の顔が祖母のほうを向いて笑った。翌日父が、真子という名前で役所に出生届を出した。

「――なに？」

なんとなく見下ろしていると、真子が顔を向けた。

妹に対する嫉妬《しっと》の気持ちは、いまでもまったくないわけではない。しかしそれは、かつて思い描いていたほどではなかった。莉子と真子は九歳離れているので、やはりどうしても、父も母も中学生の莉子より小さな妹のほうを可愛がる。それは仕方のないことだ。しかし、母といっしょに生まれたのは世界でただ一人、自分だけなのだという気持ちが莉子の中にはあった。十四年前、莉子が産声を上げた瞬間、この世に赤ん坊と母親が同時に誕生した。父親だって同じときに生まれたのだ。それだけで、これから何があっても莉子は、父や母との絆《きずな》を信じていられるという自信があった。

「あんた、可愛いね」

思ったままを言ってみたら、

「ようちえんで、デブっていわれたよ」

彼女は自分の身体を見下ろして、むすっとした顔になった。

「そのうち細くなるわ。あたしもそうだったもん」

脚のせいで運動不足だったこともあり、莉子も小学三年生くらいまでは肥《ふと》っていた。しかし成長して手足が伸びていくにつれ、自然に身体つきがほっそりしてきた。左脚は、いつか成長が終わったら手術ができるようになるらしい。それが成功すれば、うまく曲がるようになってくれる可能性が高いのだそうだ。その日が来ることが、莉子は楽しみなようでもあり、寂しいようでもあった。

「おばあちゃん、どこいっちゃうの？」

四歳の真子は、祖母の死についてまだよく理解ができていないようだ。莉子は「天国だよ」と、ちょっと気恥ずかしくなるような答えを返し、真子の頭に手をのせた。風が吹き、じゃれつく仔犬《こいぬ》のように制服のスカートをはためかせた。

あれから五年、手術を終えた祖母は、お腹から食べるゼリーで栄養をとりながら、案外元気に生きた。しかし三ヶ月ほど前からまた体調が悪化し、今度はもう手術することもできない状態だったらしく、一昨日とうとう旅立った。

「――二人とも、そろそろ来なさい」

背後から呼ばれた。

振り返ると、喪服姿の母が、葬祭場のガラスドアから上体だけ覗かせている。

「あんたたち、そんなとこにいて寒くないの？」

「平気」

莉子が答え、

「風、きもちいいよ」

真子も答えた。頬のうぶ毛が、冬の陽を受けて白く光っていた。

母は軽く笑い、またドアの向こうに引っ込んだ。

三ヶ月ほど前に祖母の病状が悪化してから、母の顔はずっと疲れきっていた。祖母が亡《な》くなったことで、これからは世話の負担が減る。ゆっくりと心と身体の疲れを癒《いや》してくれればと莉子は思うのだが、しばらくは難しそうだ。母には、祖母の死が思いの外ひどくこたえているらしい。葬式の準備や親戚への連絡などで忙しくしているあいだ、ふっとそこだけ時間が停まったように、母は表情を失《な》くしてぼんやりとしているときがあった。どこにも焦点の結ばれていないその目が、病室のベッドにじっと横たわっていた祖母や、なるべく音量を小さくして家でテレビを眺めていた祖母を見ていることが、莉子にはわかった。

——普通に寝てるみたいに見えるのにね。

祖母の死が近いことを医者に教えられた日、母が病室で呟《つぶや》いた声が、ときおり耳の奥によみがえる。子供の頃から大事にしていた宝物を、二度と手の届かない隙間に落としてしまったような、虚《むな》しげで、哀しみよりも悔しさが滲《にじ》んだ、静かな呟きだった。

祖母は寝たきりではなかったので、一日中誰かがそばにいなければならないというわけではなかった。それでも、胃瘻《いろう》の食事が逆流して咳《せ》き込み、呼吸が難しくなって救急車を呼ぶようなことが何度かあったので、長い時間目を離すのはなかなか難しいことだった。そんなとき、世話をする病人が自分の母親であるのと、結婚した人の母親であるのとでは、きっと感じる負担に大変な違いがあるのだろう。五年前、母は莉子に聞かれていることを知らずに、病気の祖母との同居を拒むような言葉を父に向かって洩《も》らしたが、年が経つにつれ、莉子はあのときの母の気持ちが理解できるようになっていた。そうなっていく自分が、少し嫌だった。

「おばあちゃんのとこ、いく？」

真子がガラスドアの向こうを指さして訊く。祖母がどこかにいると思っているのか、それとも祖母の死を理解した上でそう言ったのか、わからない。妹のスカートの腰から出たシャツを、莉子は入れてやった。

「行こっか」

真子の手をとり、玄関へと向かった。ドアを引いたとき、隙間に吸い込まれていくように風が起き、肩口で髪を揺らした。背後の太陽がちょうどガラスに反射して、ぱっと視界が真っ白く染まり、莉子は思わず目を細めた。そういえば小学一年生の夏、祖母に言われて通学路で葉を見上げたとき、朝の空がとてもまぶしいことに驚かされた。春が来て、並木のプラタナスが葉をつけたら、祖母のことを考えながら見上げてみよう。そう思ったとたん、自分の中で、何かやわらかで力強いものがぐんぐんふくらんでいくのを感じ、自然に頬が持ち上がった。

「いかないの？」

真子に促され、

「行くよ」

莉子はガラスドアを入った。

物語の夕暮れ

（一）

「来週が最後なんですねえ」

　声を切るのも惜しいというように、彼女は「ねえ」の部分を細く長く伸ばし、声が途切れてからもしばらく唇をひらいたままでいた。与沢《よざわ》は笑顔を返しながらも、視線を上げていることができなかった。彼女のエプロンの胸に、綺麗《きれい》に水平に留められた「しげもり」という名札を、じっと見た。

「まあ、申し訳ないとは思うんですけどね、もうほら、決めちゃったことだし」

「あ、いえそれはわかってます」

　重森《しげもり》さんは慌《あわ》てて両手を振る。

「すみません変な言い方して」

「いやいやいや、嬉《うれ》しいもんですよ、そうやって惜しんでくれるのは。この歳《とし》んなると、葬式以外で誰かに惜しまれることなんて滅多にないですから」

「またそうやって」

どうせ大人にしかわからない冗談だと思って言ったのだが、重森さんは足もとに集まった子供たちの顔を気にした。そのまま上体を屈《かが》め、全員に向かって話しかける。

「みんな、あと三回で、与沢さんのおはなし会、終わっちゃうのよ」

「はい、残念な人！」

与沢がさっと掌《てのひら》を立てると、子供たちは一斉に手を挙げた。目立ちたがり屋の男の子は両手を挙げて、なおかつぴょんぴょんと二回飛び跳ねる。跳ねても頭は重森さんの腰までしか届かない。

「嬉しい反応してくれちゃうねえ、お話の最中はよそ見したり、お喋《しゃべ》りしたりしてるくせに」

与沢が言うと、してないよ、聞いてるよ、と子供たちは賑《にぎ》やかに反論する。

「つぎの回はどんなお話にしようかなあ、重森さんが男になっちゃう話にしようかなあ、それともおじいさんが女に……ん……あいたた……あいた」

与沢は顔をしかめて腹を押さえた。重森さんがはっとして顔を近づけ、こちらを見上げていた子供たちも同時に真顔になった。

「んんん……うう……」

歯を食いしばり、シャツの布地を摑《つか》みながら背中を向けた。重森さんと子供たちが本気で心配しはじめたタイミングを見計らい、ぐっと尻《しり》を突き出して振り返った。

「ぷう」

子供たちはどっと笑った。重森さんは唇を尖《とが》らせて与沢を睨《にら》みながら、目は可愛らしく笑いを堪《こら》えている。彼女の肩越し、本棚を整理していた男性事務員の進藤《しんどう》くんも口をあけて笑っていた。

「おならのニオイだけを残し、そいでは、さよおなら」

また笑い出す子供たちに敬礼し、与沢は玄関へと向かった。下駄箱から革靴を取り出し、三和土《たたき》で足を入れようとしたら、重森さんが来て手を貸そうとしたので、仕草だけで断った。

時間をかけて、靴を履いた。

「まったくねえ、よく笑ってくれる子たちで、こっちも毎回楽しかったですわ」

「与沢さんがお上手だからですよ」

「そんな子供たちとも、まついいぽっくりクラブさんとも、あと三回でお別れ」

「またもう、怒りますよほんとに」

そんなふうに言いながらも重森さんは頰笑んでいる。与沢はひくひくと眉《まゆ》を上げ下げしてみせ、「まつぼっくりクラブ」と左右逆に書かれたガラスドアに手をかけた。

「お気をつけて」

「はいはい」

写真が目に入ったのは、そのときのことだ。

玄関の脇《わき》には小さな事務室があり、いちばん手前に置かれた重森さんのデスクの上に、一冊の雑誌がひらきっぱなしになっている。与沢の視線はいったんそれを行き過ぎたが、自分でも気づかないうちに戻り、ひらかれたそのページを見つめていた。

「あ、ご覧になりますか？　ここで購読してる児童文学の雑誌なんですけど」

「ええ……少しだけ」

重森さんがわざわざ雑誌を閉じて手渡してくれたので、ページを探すのに手間取った。

やっと先ほどのページに行き着いたとき、ああ間違いないと確信した。

写っていたのは、自分が長年暮らしていた家だった。与沢が生まれ、学生生活を終えるまでずっと住んでいた、あの海辺の家だ。もっとも外観はだいぶ変わっていて、壁のペンキは新しいし、屋根瓦《やねがわら》の色も違う。しかし低い外塀と、外塀のすぐ手前で真《ま》っ直《す》ぐに伸びた月桂樹《げっけいじゅ》、その向こうに広がる海辺の景色は、与沢の記憶とまったく同じだった。端のほうに写っている井戸のポンプも、昔のままだ。写真の真ん中では、三十代の半ばか後半くらいだろうか、眼鏡をかけた男性がぎこちなくカメラに向かって笑いかけている。

「気になる記事があったら、お持ちになっていただいても構いませんよ。みんなもう、一回は読んでますから」

「あそう？　そんじゃ、あれしようかな。借りちゃおうかな」

理由はどうしてか言えないまま、与沢は雑誌をショルダーバッグに押し込んだ。

ドアを出ると、夏のにおいのする風が乾いた肌を撫《な》でた。児童館「まつぼっくりクラブ」の玄関は西向きだが、向かいの一軒家が午後の日差しを遮《さえぎ》ってくれる。この季節、屋外へ出たときに特有の、わっと覆《おお》い被《かぶ》さるような熱気がないのはありがたい。ステップをゆっくりと下り、路地に出た。振り返ると、ドアの向こうからまだ重森さんが顔を向けていたので、軽く会釈《えしやく》した。

孫くらいの年齢の、重森さんや進藤くん。ちょうど曾孫《ひまご》くらいの歳の元気な子供たち。彼らの笑顔が自分にとって何よりつらいものになるなんて、思ってもみなかった。

日陰を選んで歩きながらバス停までたどり着くと、与沢はベンチに腰を下ろし、先ほどの雑誌を膝《ひざ》の上で広げた。

それはインタビュー記事で、写っているのはどうやら童話作家らしい。長いこと都会で暮らしていたのだが、去年、奥さんとともに地元へ戻ってきたのだとか。「同郷の妻」と書かれているから、夫婦二人でUターンしたということなのだろう。「古い家に最低限のリフォームをして」というくだりの、「古い家」というのが、要するに与沢の暮らしていた家だったわけだ。

二十年と少し前、長らくそこで一人暮らしをしていた母親が死んだとき、与沢はあの家を売った。売った相手は仲介業者だったので、その後いったい誰が買ったのか、あるいは買われずに取り壊されたのか、まったく知らずにいたのだが——。

「こんなに若い人がなあ……」

もっとも、売りに出したのは二十年以上前なので、彼らの前にも誰か別の人たちが住んでいたのかもしれない。きっと住んでいたのだろう。そのあたりのことは、記事には書かれていなかった。

そういえば、祭りが近い。

若い童話作家の背後に広がる海辺を眺めているうちに、与沢は思い出した。

あの町ではもうすぐ祭りがはじまるはずだ。

遠くからエンジン音が響いてきたので、両膝を押し下げるようにして立ち上がった。

急に動いたときに必ずやってくる、景色が白く薄れていく感覚を、こめかみを掌の付け根で叩《たた》きながらやりすごした。

ときちゃん……ときちゃん。

マンションに帰ると、鳥籠《とりかご》の中でインコが呟《つぶや》いていた。

ちち、ち……。

ときちゃんというのは死んだ妻がつけたインコの名前で、呼びかけているうちに、こうして自分で繰り返すようになった。真似《まね》ているのは妻の声だ。与沢は照れくささから一度も呼びかけなかったので、当然真似もしない。鳥は高い音を憶《おぼ》えやすいから、男性の声というのは、もともとあまり真似てくれないものらしいが。

「おいで」

脇に置いてあるタッパーにはパンくずが入っている。それを一つつまみ取り、金網の隙間《すきま》に差し出した。インコはチョンチョンと止まり木を伝ってきて、白い嘴《くちばし》で挟んだ。自分の声も真似てもらえないものかと、妻が死んでから、パンくずをやるときは必ず「おいで」と言うようにしているのだが、いまだに駄目だ。

台所に向い、味噌汁《みそしる》の鍋《なべ》のにおいをかいで火をつけた。炊《た》いておいた米と、朝に食べ残した鯵《あじ》の干物で夕食をとっていると、咀嚼《そしゃく》音の向こうに雨音が聞こえはじめた。

雨は一晩中、降りつづいた。

翌日の午後になってもまだやまず、居間のソファーで雨音を聞いた。そうしながら与沢は、自分が死んだあとのまつぼっくりクラブを思った。重森さん、進藤くん、子供たち。たまに顔を合わせる初老の館長。最初に訃音《ふいん》に触れるのは、いったい誰だろう。あるいは、ずっと誰も知らずにいてくれるだろうか。子供たちの親に、与沢の直接の知り合いはいない。あの子たちが大人から口づてに聞くということはなさそうだ。もし職員の耳に、偶然どこからか与沢の死が伝えられたとしても、きっと子供たちには黙っていてくれるだろう。与沢とともに本の読み聞かせをしていた妻が、三ヶ月前に死んだときも、黙っていてくれたのだ。

うたた寝をした。

目を醒《さ》ますと、雨は行ってしまったらしく、畳に赤い西日が射《さ》し込んでいた。レースのカーテンの向こうが美しく夕焼けている。古い、まるで時代に取り残されたようなこのマンションは五階建てで、与沢の部屋はその一階だった。しかし建物自体が西向きの高台にあるので、こうして美しく夕焼けが広がってくれる。

起《た》ってカーテンと網戸を開けてみた。死んだ妻が数年前に買ってきた鉢植えの月桂樹が、葉を濡《ぬ》らしている。雨雲が逃げていってから、まだそれほど時間が経《た》っていないようだ。

奇妙な水滴は、物干し竿《ざお》の中ほどで見つけた。

竿はもう長年使っている、鉄をビニールコーティングした安物で、そのビニールが劣化してささくれた部分に、それはあった。少しの風でも落ちてしまいそうに垂れ下がり、目薬のコマーシャルで見るような、綺麗なしずくのかたちをしていた。何の気なしに顔を近づけてみたそのとき、与沢は懐《なつ》かしいものを見た――気がした。

漠然とした感覚ではあったが、しずくの中に、何か自分の胸の奥と響き合うものがあるように思えたのだ。ぐっと顔を近づけた。老眼でよく見えず、また顔を離して観察した。そうなると今度は遠すぎてわからない。網戸を開けたまま部屋に戻り、座卓に置いてあった老眼鏡をかけ、妻と共用で使っていたルーペを手に取った。ふたたび窓辺に立ち、しずくにルーペを近づけて覗《のぞ》き込んでみた瞬間――。

息を呑《の》んだ。

自分の目が信じられないというのは、こういうことをいうのだろう。

故郷の海が、そこにあったのだ。

それは少年の日、庭の月桂樹の下に立ち、祭り囃子《ばやし》を待ちながら眺めていた海だった。月桂樹の枝葉の下に、夕陽を受けて橙《だいだい》色に染まった水面が広がっている。どこまでも広がっている。いったい何が起きたのか理解できず、与沢はただ呆然《ぼうぜん》と口をあけ、懐かしいその景色に見入った。

からくりに気づいたときは、思わず笑い声が洩《も》れた。

「そうか、逆さまか……」

ルーペを下ろしてみると、目の前に夕焼け空が広がり、その手前側には家々の屋根と背の低いビルが並んでいる。その景色が、光の屈折で反転し、しずくの中に懐かしい光景を生み出していたものらしい。上下が逆になり——空は海に、建物たちの影は葉群《はむら》になって浮かび上がっていたのだ。与沢はもう一度ルーペを持ち上げ、しずくを覗き込んでみた。一度仕掛けがわかってしまうと、もうそれはベランダからの景色が反転したものとしか映らなかった。昂《たか》ぶっていた気持ちがしぼみ、与沢は肩を落としたが、ふと思いついて老眼鏡を外し、ルーペに目を近づけてみた。

「お」

老眼でぼやけた視界いっぱいに、ふたたびあの懐かしい景色が広がった。

月桂樹の枝葉と海。生まれてからずっと暮らしていたあの家の、庭から眺めた景色。小学生の頃、自分はこの場所で橙色の海を眺めながら、祭り囃子を待っていた。祭りそのものではなく、可愛らしい浴衣《ゆかた》を着たときちゃんに会えるのが楽しみだったのだ。屈み込み、与沢は鉢植えの月桂樹の葉を千切った。乾いた指先でもんでやると、すっと爽《さわ》やかな香りが立ちのぼった。その香りをかぎながら腰を上げ、またルーペの中の景色へと戻る。そうだ、あのときもこうやって、月桂樹の葉をもみながら待っていたのだ。浴衣を着たときちゃんが、夜店の並んだ海沿いの道に現れるところを想像して、胸を高鳴らせていたのだ。

葉の香りを深く吸い込み、目を閉じた。

ルーペの中の風景が、ふっと広がって与沢を包み込んだ。

月桂樹の葉をもむ指は汗ばんでいた。

どこかで蜩《ひぐらし》が鳴いている。その向こうから汽笛《きてき》の音も聞こえたが、目の前に広がる海に船の姿はない。カラスが一羽、重たげに羽を動かして飛んでいく。もう日が沈む。

「お祭り、行かんのか？」

振り返ると、着物の袖《そで》をたすきがけに捲《まく》った祖母が、こちらを見ていた。日に焼けた顔が、夕陽を受けて光っている。持っている手ぬぐいから水がしたたっているのは、井戸で野菜でも洗っていたのだろうか。

「もうちょっとしたら」

「お母さんに、小遣いもらったか？」

返事をする前に、祖母は近づいてきて、帯に挟んだ点袋《ぽちぶくろ》を取り出した。家のほうをちょっと振り返ってから、大袈裟《おおげさ》に声を抑えて顔を近づける。

「宝引《ほうび》き、やっといで」

こくりと頷《うなず》いて点袋を受け取った。袋越しに指を押しつけてみると、一円玉が一つ……いや二つ入っているようだ。

「お母さんに、言うんじゃないよ」

袋をズボンのポケットに突っ込んだが、右のポケットは底に大きな穴が開いていたことを思い出し、左側へ入れ直した。

「友達と、行くんか」

近くで見ると、祖母の小鬢《こびん》にはずいぶん白いものがまじっている。

「そう、友達と」

嘘《うそ》だった。

いっしょに祭りに行ってくれるような友達は、自分には一人もいない。

でも、いいのだ。一人なら、ときちゃんを待ち伏せできる。

ときちゃんは、祭りが行われる海沿いの道まで一人で歩いてくるはずだ。友達と待ち合わせている場所は、神社の鳥居で、時間もわかっている。祭り囃子が聞こえはじめたら家を出ると、教室で友達と賑やかに言い合わせていたのを、こっそり聞いていたから。

「遅くなっちゃ、いかんぞ」

祖母の背後では、洗濯物が物干し竿にかかっている。薄物は両袖を竿に通し、手ぬぐいや下着は竹ばさみで留められて、あるかなしかの風に揺れている。物干しのそばでは、罅《ひび》の入った漆喰《しっくい》の外壁が、夕陽で真っ赤に染まっている。

「おまえ、虫に刺されたんか」

「え?」

「それ、塗るんか」

にこにこした祖母の目は、右手を見ていた。月桂樹の葉は虫さされに効くのだ。

「違う。かいでただけ」

首を振り、千切れた葉を、何故《なぜ》かとっさに右手の中へ握り込んだ。

誰かが蚊にやられて痒《かゆ》がっていると、祖母はいつも葉をすり鉢で潰《つぶ》して塗ってやる。祖父だけは葉のにおいがあまり好きではないようで、蚊に刺されるたび、いつも祖母にばれないようにしている。それでもばれてしまい、祖母が居間で葉を潰しはじめると、なるべく顔を合わせないよう、新聞を持って家の中をうろうろする。祖母がいる台所へ入ろうとして、入り口でギクッと立ち止まって踵《きびす》を返したのを見たこともある。拳《こぶし》で腰を二、三度殴りつけ、首を揺らすようにしてフンフンと頷き、祖母は勝手口から家の中へ入っていった。

右手の葉は、くしゃくしゃになっていた。それを地面に捨て、また月桂樹の下に立った。ぐっと右手を上へ伸ばし、新しい葉を千切ると、枝全体がわさわさ揺れた。ときちゃんにかがせてやったら、嬉しがってくれるかもしれない。そう思ったとき、さっき自分がとっさに葉を隠した理由がわかった気がした。

祭り囃子はまだだろうか。

（二）

自分のやったことを思うと、与沢は身の縮む思いだった。

見ず知らずの相手から突然あんな手紙を送りつけられたら、いったいどんなふうに感じるだろう。悪戯《いたずら》だと思われるかもしれないし、真面目《まじめ》な頼み事だと信じてくれるかもしれない。いずれにしても気味悪がられることだけは確かだ。

手紙を書いたのは、ベランダであのしずくを見た日の夜だった。それが二日前で、昨日の朝にポストへ入れたから、いまごろはもう相手の手もとに届いているかもしれない。

宛先《あてさき》は、かつて自分が暮らしていた家の住所で、宛名は雑誌に載っていたあの童話作家だった。便箋《びんせん》を六枚使い、与沢はある依頼をしたのだ。

人生最後の我《わ》が儘《まま》のつもりだった。

「ま、そわそわしても仕方ないわな」

たとえ返信が来たとしても、早くて明日か明後日だろう。

朝刊を読み終えると、やることがなくなった。インコの水を替えてテレビをつけ、そのまま手枕《てまくら》で眠り込み、何度か目を醒ました。昼になるとまた朝刊を読み直した。昨日のうちにスーパーで買っておいた出来合いの煮物と漬け物で昼食をすませ、あとはただ腹が減るのを待つだけの午後だった。

夕刻になり、思い立って腰を上げた。窓辺から外を見渡すと、空は茜《あかね》色に染まっている。物干し竿に目をやってみたが、今日は雨が降らなかったので、もちろん水滴は見当たらない。

台所で、湯呑みに水をくんだ。それをベランダへ持っていき、あの水滴を見つけた場所へ、そっと上から注いでみた。ささくれたビニールの先から、ぽたぽたと水が垂れ落ち、だんだんとその間隔が間遠になっていき——やがて、しずくが落ちず、ビニールの先にしがみついている状態となった。が、どうも違う。水滴は二日前のように大きくふくらんではくれず、そこにあの懐かしい景色は閉じ込められていない。

「難しいもんだなあ」

何度かやってみても成功しないので、諦《あきら》めて部屋に戻った。

雨水でないと駄目なのだろうか。それとも物干し竿の状態がよくないのか。この前は、たとえば竿についた埃《ほこり》やなんかが、たまたま上手《うま》い具合に作用して、あの丸々とした美しい水滴を生んでくれたのかもしれない。

ときちゃん……。

鳥籠で、インコが呟いた。

「おいで」

タッパーのパンくずをつまんで食べさせた。

この雌のインコを買ってきたのは妻だった。何の前触れもなかった。ある日の午後、買い物からの帰りが遅いことを心配していたら、妻は鳥籠を持って帰ってきたのだ。あれは同い年の二人がともに定年となって、教師の職を辞した年の、暮れのことだった。だからもうこのインコは十歳を越していて、人間でいうと与沢と同じ立派な高齢者だ。妻が言うには、インコの寿命は長くて十二、三年だというから、もうそろそろなのだろうか。

オハヨウ。コンニチハ。アラマッチャンデベソノチュウガエリ。妻はあれこれ言葉を教えようとしたのだが、あまり器用なインコではないのか、けっきょく最後まで自分の名前しか憶えなかった。

「おい」

呼びかけてみる。インコはぱちぱちと瞬《まばた》きをし、くるっと首を回すと、白地に薄い黄色と緑色が入った自分の羽をつついた。止まり木の下に、タンポポの綿毛《わたげ》ほどの羽毛が、すっと落ちていく。

それを眺めているうちに、思いついた。

「ちょっと、もらうよ」

開閉口から静かに手を差し入れ、籠の底にちらばった羽毛の一枚をつまみ上げた。

座卓の老眼鏡をかけ、羽毛を鼻先に持ってくると、雪の結晶のように、先端が美しく枝分かれしている。

「凧糸《たこいと》、凧糸」

簞笥《たんす》の、妻が使っていた引き出しを探ったが見つからなかった。台所の、食品用ラップやアルミホイルなどが入っている引き出しを覗いてみたら、焼き豚用のやつが入っていたので、それをハサミで適当な長さに切った。

「セロハンテープは、と」

テレビ台に置かれた煎餅《せんべい》の缶の中でテープを見つけ、凧糸の先にインコの羽毛を貼《は》りつけた。それを窓辺へ持っていき、カーテンをひらき、凧糸の端をカーテンレールにくくりつける。

羽毛が上からぶら下がった状態となった。

「さて、どうだ」

座卓から湯呑みを取り上げ、凧糸の揺れがおさまるのを待ってから、そっと近づけた。傾けると、水がだんだん縁へ迫っていき、表面張力でぷくっと盛り上がる。その盛り上がった部分が凧糸に接し、水は溶けるように糸の中へ吸い込まれ、さらに少しだけ湯呑みを傾けてみたら、するすると凧糸を伝って下りていった。その動きを追って中腰になり、さらにしゃがみ込んで顔を近づける。水が羽毛に接すると、羽毛は驚いたようにしゅっと身を縮こませ、全体がぴんと真っ直ぐに伸び、その先端で透明な水がじわじわとふくらんで——。

「うはは」

思わず頬が持ち上がった。

「成功、成功」

そこにふたたび、あの景色が生まれた。

与沢は静かに身体《からだ》を反転させ、四つんばいのまま座卓のルーペを取って戻ってきた。

「どれ」

ルーペで水滴を覗き込んでみて驚いた。

そこに閉じ込められていた景色は、二日前よりももっと、あの懐かしい光景にそっくりだったのだ。

「これ……鉢植えのせいか」

妻が育てていた柚子《ゆず》やトマト、バジルやパセリが、植木鉢とプランターに植わって、ベランダの柵《さく》の手前側に並んでいる。その枝葉のシルエットが水滴の中で反転し、ちようどあの庭に生えていた月桂樹の枝葉のように見えるのだ。——が、まだ完璧《かんぺき》ではないように思えた。こだわると、きりがない。

「もうちょっと低く……いや、高くか」

鉢植えが低い位置にあるので、水滴の中の景色にベランダの柵が入り込んでしまっている。与沢は腰を上げ、サンダルをつっかけてベランダへ出た。どうにか鉢植えを少し高い場所に置く方法はないだろうか。

「本だ、本」

部屋の中にとって返し、隣の部屋へ移動した。天井まである二つの書棚の中には、本がぎっしりと詰め込まれている。上半分が与沢の、下半分が妻の蔵書だ。妻の本を使うのは申し訳なかったので、上の棚から適当に何冊か取った。ベランダへは、こちらの部屋からでも出られる。長らく引きっぱなしだったカーテンを開け、窓の錠を外し、靴下裸足《はだし》で外へ出た。夕陽を受けたコンクリートの上に、運んできた本を重ねて置き、また書棚へ戻って何冊か持ってきて隣に並べる。それを数回繰り返すと、ベランダに本の台ができた。その上に、与沢は植木鉢やプランターを一つ一つ並べていった。

最後に月桂樹の葉を一枚つまみ取り、室内に戻った。手の甲で汗を拭《ぬぐ》い、爪糸の前にしゃがみ込んでみると——。

「おっほほう」

下半分に広がる夕焼けの海。上半分には枝葉が並んでいる。そこにあるのはもう完全に、あの庭の、月桂樹ごしに見た景色だった。与沢は立て膝の状態で前屈みになり、左手を畳につけ、片目をつぶってルーペの中に見入った。

祭り囃子はまだ聞こえてこない。

海を見ながら立ちつづけていたせいで、西日で顔が熱《ほて》っていた。背後の路地で賑やかな声がする。きっと自分と同じ学校の生徒だ。笑い合い、ふざけ合いながら、声はだんだんと移動していき、やがて遠くの蜩の声に溶け込むようにして消えた。

耳の脇を、つるりと汗の玉が流れる。

水を浴びようと、井戸へ向かった。ポンプのレバーが熱かったので、盥《たらい》に残っていた水をそこにかけた。濡れたレバーは、それでもまだ少し熱かったが、我慢して握り、体重をかけて上下させた。四度目で水口から勢いよく水が飛び出し、撥《は》ねたしずくの玉が、夕陽の中できらきら光った。水を両手で受け、ばしゃりと顔にかける。もう一度かける。三度目は口をあけてかけ、冷えた井戸水をごくりとやった。

「昭《しょう》ちゃん、あんたまだいたの」

勝手口から母が出てきて、呆《あき》れたような顔を向けた。

「お水、こっちに飛ばしちゃ駄目よ」

母は物干しの傍らで背伸びをし、ぽんぽんと洗濯物の乾き具合を確かめていたが、ふと思い出したようにこちらを見る。

「おばあちゃんに、お小遣いもらったでしょ」

「もらってない」

「嘘」

何もかもわかっているんだぞというように、鼻に皺《しわ》を寄せて笑う。真っ黒な髪は上のほうでまとめられ、姉《あね》さんかぶりの脇から後れ毛が飛び出し、母の動きにつれて揺れている。祖母の畑仕事をいつも手伝っているのに、細くて白い腕と首だ。

「お母さん、あのね」

何十年もずっと、訊《き》いてみたかったことがある。

「うん？」

「僕、一人っ子でしょ？」

訊《たず》ね返すように、母は小首をかしげた。小学生の息子がいったい何を言い出すのか、楽しみにしているのが、目尻のあたりの表情でわかる。

「僕に子供ができなかったら、やっぱり残念に思う？」

母が笑い出すまで、しばらく間があった。そして笑い出してからは止まらなかった。両手で顔を覆い、母は身体を折って肩を震わせていたが、やがて掌のつけ根でちょんちょんと涙を拭いながら身を起こした。また笑い出してしまうのを堪えているその顔は、なんだか哀《かな》しいのを我慢しているようにも見えた。

「なあに昭ちゃん、変なこと訊いて」

「あのね、お母さん。僕がいつか大人になって、誰か女の人と結婚をするでしょ。それで、たいていは子供ができるけど、できないことだってあるでしょ。もしできなかったら、お母さんは孫を見られないでしょ」

「そうね」

という短い言葉さえも、笑いを抑えながらだった。

「そしたら、残念？」

質問の意味を探ろうとするように、母は顎《あご》を引いてこちらを見た。

「昭ちゃんが元気で過ごしてくれれば、お母さん、それでいいわ」

「噓だ」

「ほんとよ」

言葉を印象づけるように、母はゆっくりと頷いてみせた。夏風が母の背後から吹き、後れ毛をひとふさ顎の前へ運んだ。

「じゃあね、じゃあもう一つ」

のどをそらして母の顔を見上げた。

「もしもお母さんに、子供ができなかったら、どうだった?」

「どうって……昭ちゃんはここにいないわ」

「違う、そうじゃなくて」

頭を整理してから言い直した。

「たとえばね、子供がほしかったんだけど、どうしてもできなくて、そのままおばあさんになっちゃったとしたら、どう思う?」

「そりゃお母さん、昭ちゃんに会えなかったら寂しいわよ」

言ってから、それが訊かれていることの答えではないと気づいたらしく、母はすぐにつづけた。

「お母さん、すごく子供がほしかったから、もしできなかったら、やっぱり哀しい気持ちになったかもしれない」

「そしたら、何か意味があったと思う？」

「うん？」

「生きてて、意味があったと思う？」

母は黙って瞬きをした。

「だってね、いつか自分が死んで、子供がいなかったら、なんにも残らないでしょう？」

「どうしたのよ昭ちゃん」

「ね、教えて」

気づけば、背伸びをして母に顔を近づけていた。

母が答えるまで、少し間があった。

「べつに、子供だけじゃなくて、人が残せるものはもっとたくさんあるわ。お仕事だってそうだし」

「じゃあ、そのお仕事でも、なんにも残せなかったら？　誰の、なんの役にも立てなかったら？」

言葉の最後に、うっかり涙が滲《にじ》んだ。

母もそれに気づき、ふっと真顔になってこちらを見返した。

「昭ちゃんあんた、何かあったの？」

「お母さん、僕ね――」

そのとき、何かにちくっと刺されたように、母の肩が動いた。顔を上げ、あたりに漠然と視線をめぐらせる。息子の頭越しの、月桂樹。海。背後の路地。物干しの向こう。家の勝手口。蜩の声がする。その向こうから何か――。

「何か、鳴ってるわ」

母はこちらへ向き直って微笑した。

「鳴ってるわ」


鳴っていたのは電話だった。

はっとして身を起こし、腰を上げた。

ずっと同じ体勢でいたので、膝がぎしぎし痛む。その膝に両手を添えるようにしながら、前屈みになって居間を横切り、台所の戸棚に置いてある電話機に手を伸ばした。

「いたたた」

「はい、すみません、はいはい与沢です」

相手は名乗ったが、すぐには誰だかわからなかった。

つい二日前の夜、その名前を自分の手で封筒の表に書きつけたのだが——発音されたのを聞いたのが初めてだったせいかもしれない。短い言葉で素性《すじよう》を説明され、与沢は「えっ」となった。

「ええ……ああはい、何だかもう、この度は大変不躾《ぶしつけ》なことを……」

受話器を耳にあてながら、腰を折って頭を下げた。そうしながら、手紙の末尾に念のためこちらの電話番号を記したことを思い出していた。どうしてか、返事は手紙で来るものと勝手に思い込んでいたが、そうだ、電話がかかってくる可能性もあったのだ。

「驚かれたといいますか、途惑《とまど》われたといいますか、とにかく非常にご迷惑をおかけしたことと……は？」

笑いながら相手が返した言葉に、与沢は思わず口をあけた。

頼み事を引き受けてくれると、童話作家は言ったのだ。

「あのでもしかし……」

自分で依頼したくせに、にわかには信じられなかった。

「あんな意味のわからん頼みを、どうしてまた——」

わかりますよと、相手は答えた。なんだかこのやりとりを面白がっているようだ。なんて変わった人なのだろう。与沢はほとんど感心に近い思いで相手の笑い声を聞いていた。想像してみる。自分がいま住んでいる家の、以前の住人から突然手紙が来て、読んでみると妙なことが書いてある。祭り囃子を聞かせてはくれないか。海沿いの道から響いてくるお囃子を、どうか電話で聞かせてはくれないか。——普通は頭の中が疑問符でいっぱいになり、新手《あらて》の詐欺《さぎ》か何かではと疑うだろう。電話はこちらからかけるので、ただ受話器を海側の窓辺に置いていただければそれでいい。祭り囃子が終わったら、もうそのまま切ってくれて構わない。祭り囃子がつづいているあいだ、電話を使えなくなってしまい、大変に不便かとは思うけれど、どうか——。

（三）

「あ、ガムみたいな、いい香り」

与沢がビニール袋に入れて持ってきた月桂樹の葉を、重森さんは鼻にくっつけるようにしてかいでいた。生の月桂樹の葉というものを、彼女は見ることさえ初めてだったらしい。隣から覗き込んだ進藤くんに「ほら」と手渡すと、彼も驚いた顔をした。

「ほんとだ、ガムですねこれ」

廊下の先、プレイルームのほうから子供たちの騒ぐ声が聞こえてくる。もうすぐおはなし会の時間になる。それが終われば、あと二回で、子供たちとも重森さんや進藤くんともお別れだ。

「二人とも、私と逆だなあ。私ね、初めてミントガムってのを食べたとき、ああ月桂樹のにおいだって思ったんです。それ、千切ってもんでやると、もっといい香りが出ますよ。重森さんも、はい」

もう一枚葉を取り出して渡してやると、二人は鼻先でそれぞれ葉をもみ、与沢が期待していたよりもずっと大袈裟な表情を見せた。

「まだ家にたくさんあるから、気に入ったんならもっと持ってきます。明日か明後日《あさって》に」

区の広報誌で「読み聞かせボランティア」の募集広告を見つけたのは、妻だった。夏の最中だったから、ちょうど二年前のことだ。ためしに与沢が連絡してみたところ、まだほかに応募はなかったらしく、すぐに採用してくれた。募集は一人だったのだが、夫婦でやってもいいとのことだったので、月火水と週三日、二人でこのまつぼっくりクラブを訪れて、子供たちに童話を読み聞かせていたのだ。

妻が脳溢血《のういっけつ》で死んでからは、与沢が一人でやっている。

妻といっしょだったときは、図書館で選んだ童話を二人で読んだ。ページごとに交代で朗読したり、登場人物たちが会話をするシーンではそれぞれが役を演じて台詞《せりふ》を読んだり、ときには妻に一人で朗読してもらい、場面場面で与沢が「うへぇ」とか「おや何だろっ」といった大袈裟な間《あい》の手《て》を入れてみたこともある。この児童館に来る子供は小学校低学年がほとんどなので、まだまだ落ち着きがない。あの手この手で読み方を工夫してやらないと、すぐにお喋《しゃべ》りをしたり、隣の子にちょっかいを出したりしはじめる。

三ヶ月と少し前に妻が死んだとき、与沢はしばらくの休みをもらった。

そのあいだに、もうこのボランティアは辞めてしまおうと決めた。妻の死によって、何か人生が自分自身から剝離《はくり》してしまったようで、胸がしんと冷たく、何を思うのも苦しくて、図書館で本を選ぶのも、子供たちの前でそれを朗読することも、もうできないと思った。妻の弔《とむら》いがすんでひと月後、与沢はその旨《むね》を伝えるため、ここへ足を向けた。玄関のガラスドアを入ってみると、職員よりも子供たちが先に気づいて声を上げた。重森さんや進藤くんに来意を伝える前に、いつのまにか小さい顔に囲まれていた。

――ちょっとあの、お話がありまして。

もの問いたげにこちらを見ている重森さんにかけた言葉も、賑《にぎ》やかな声のせいで、届かなかった。仕方なく床に腰を下ろし、同時に話しかけてくる子供たちの相手をしているうちに、最後に何か短い話でも読んでやろうという気になった。傍らの本棚に目をやったが、どの本も手ずれがしていて、いかにも子供たちに飽きられたという様子で並んでいた。

自分でつくった物語を話したのは、そのときが最初だ。

それは、何十年も前に考え、あの町でときちゃんに聞かせた、蛍《ほたる》とかぶと虫の話だった。

――ずっと昔、蛍は光っていなかったんだよ。光っていたのは蛍じゃなくて、かぶと虫だったんだ。かぶと虫にはほら、大きな角《つの》があるだろう？　その先に……。

本を見ないで話したことなどなかったので、はじめのうち、子供たちは不思議そうな顔で耳を傾けていた。それがいつのまにか真剣な表情に変わり、気がつけば、いつになくプレイルームはしんと静まっていた。目を見て話されると、子供たちも神妙な気分になるのだろうか。

話し終えると、少しだけ自分の胸が軽くなっていることに気がついた。子供たちも、幼いなりに、余韻を味わっているような顔をしていた。

もうしばらくやってみよう——そう思った。

以来今日まで、週に三回ここへやってきては、自分でつくった話を子供たちに聞かせている。物語はいくらでもあった。ときちゃんに会うたび、ひそかに用意していた新しい話を聞かせていたし、聞かせたことのない話だってある。そしてそれらは、何十年経っても忘れていなかった。

「これ、子供たちにもかがせてあげたいですね」

月桂樹の葉をもみながら、重森さんが顔を向けると、進藤くんも大いに頷いて同意した。

「よし、そんじゃ、いっぱい持ってこよう」

このまつぼっくりクラブでのボランティアに申し込もうと言い出したとき、妻はどんな気持ちだったのだろう。けっきょく一度もゆっくりと話し合うことがなかったので、いまだにわからない。与沢のほうは、どこかに何か大きな忘れ物をしてきたような——それが見つかりそうな場所を覗きに行くような気持ちで、妻の提案に頷いた。

しかし、探し物はけっきょく見つからなかった。何を探していたのか、具体的にはわからないけれど、見つからなかったというその気持ちだけは、濡れた砂のように重く胸を埋めつづけている。妻がいたときは、その砂の存在に気づいていなかった。彼女が死んだときになって初めて気づいた、冷たい重みだった。

もっと大きなものを、きっと夢見ていたのだ。教師になったときも、読み聞かせをはじめたときも。自分の声で、言葉で、誰かの人生を変えるようなことが起きると思っていた。ある日、卒業生からの手紙が郵便受けに舞い込み、ひらいてみると几帳面《きちょうめん》な文字で感謝の言葉が綴《つづ》られている。あのとき先生が何々してくれたおかげです、というようなことが、気持ちを伝えきれないもどかしさとともに書き連ねてある。そんなことが、教員生活の中で何度でもあると思っていた。しかし実際には一度もなかった。もちろんそれは教師としての力不足のせいであり、子供たちの心を上手に摑《つか》むことができなかったせいなのだろうが、自分の責任だからこそ、虚《むな》しさはつきまとう。

このまつぼっくりクラブでも、自分が聞かせる物語で子供たちは笑顔になったり真顔になったりしてくれるが、家に帰ってテレビでもつければ、きっと忘れてしまうのだろう。

何も、自分はできなかった。何十年も生きてきた意味が、はたしてどこにあるのかわからない。いや、きっとどこにもない。何かを引き継いでくれる子供もいない。

自分たちの子供について、二十代の頃は与沢も妻も仕事が忙しく、じっくりと考える余裕がなかった。三十代の終わりに、思い立って二人で病院へ足を向けたところ、検査の結果どちらの身体にも悪いところはないと言われた。医者には人工授精もすすめられたが、妻の気がすすまず、けっきょく話は曖昧《あいまい》になって、年月が過ぎた。気づいたときにはもう、子供を望むには難しい年齢になっていた。

妻がインコに「ときちゃん」などと名付けた理由を、彼女の死後、与沢は考えてみたことがある。人の子のような名前をつけたかったが、それでは与沢が気にすると思い、あんな名前にしたのではないだろうか。

「あの……時子《ときこ》さんのご法要なんですけど」

葉を手にしたまま、重森さんが気遣わしげに切り出した。その先を進藤くんがつづける。

「百箇日《ひやっかにち》のご法要、もうすぐですよね。僕たちも出席させていただければって、二人で話してたんです。親族でもないのに、差し出がましいようですけど」

「ああ、ええ」

そんな申し出を予想していなかったわけではないが、与沢は困惑して視線を外した。

「でも二人とも、四十九日んときにほら、来てくれたから」

曖昧に答え、そのまま考え込むふりをした。二人はちらっと互いの顔を見て、話はまたあとにしよう、というように小さく頷き合った。そのとき事務室の入り口に、ひらりとスカートの色が見えた。誰か子供が、廊下にあるトイレにでも行っていたのだろうか。

電話が鳴り、進藤くんがデスクを回り込んで受話器を取った。その隙《すき》に、与沢は重森さんに顔を寄せた。

「月桂樹の葉っぱ、乾燥させれば料理に使えますよ。こんど進藤くんに何かつくってあげたらどう？」

「え、わたしがですか？」

重森さんは胸を引いて目を丸くする。

「なに言ってんの、こっちゃわかってんだから、誤魔化さない誤魔化さない」

重森さんは短く振り返って電話中の進藤くんのほうを確認し、また与沢に顔を戻した。口許《くちもと》が、きまり悪そうにすぼまっている。

「館長に言わないでくださいね」

「言いません、言いません。私ね、これでも口が堅いほうだから」

口に拳の先をぶつけ、コッコッと舌を鳴らした。

「あれなの？　結婚の話なんかはまだ」

「え、全然そんなんじゃありませんよ」

与沢を叩《たた》く真似《まね》をする。肌が白いので、頬が上気しているのがわかりやすい。

「あ、もう時間じゃないですか。与沢さん、子供たちのところに行ってください、ほら」

「珍しくせき立てますな」

「いいから、もう」

首をすくめ、ひょこひょことふざけた歩き方をして事務室をあとにした。しかし廊下に出た瞬間、口許に浮かんでいた笑いは消え去った。子供たちのいるプレイルームに入る前に、もう一度努力して笑みを浮かべた。

（四）

あの童話作家は、本当に電話をつないでくれるのだろうか。

マンションに戻り、凧糸の先に新しい羽毛をセロハンテープで貼りつけながらも、まだ与沢は半信半疑だった。頼みを聞いてくれるという先日の話は、ただの冗談だったのではないか。自分はからかわれたのではないか。約束の時間に電話をかけても、誰も出ないのでは？　あるいは教えてもらった電話番号がデタラメだという可能性もある。かけてみたら、まったく知らない人が応対し、途惑いつつ懸命に事情を説明しようとする自分は変人扱いされてしまうのではあるまいか。そんなふうに疑い出すと、先日の会話の最中、あの童話作家の声が終始笑っていたことさえも、何か裏があるように思えてくる。あれはやりとりを楽しんでいたわけではなく、独居老人を騙《だま》すことが面白くて、思わずほくそ笑んでいたのかもしれない。

「ま、疑っちゃ悪いわな」

網戸を開けてベランダに出た。

空には夕焼けが広がりつつあり、建物がシルエットになって輪郭が目立ちはじめている。柵《さく》の手前では、積み重ねた本の上に鉢植えが並んでいる。

月桂樹の葉を一枚千切り取って、部屋に戻った。窓と網戸を開けたままにし、湯呑《ゆの》みに水をくんでくると、先日と同じように、慎重に爪糸の脇《わき》で傾けた。

ときちゃん……ときちゃん……。

鳥籠《とりかご》の中でインコが呟《つぶや》く。

ちちち、ちち……。

止まり木の上で退屈そうにしている。

「もうすぐ、放してやるからな」

死ぬ前に、インコは空へ逃がすつもりだった。

台所に移動し、戸棚の電話機を居間へ引っ張ってきた。コードの長さが足りるかどうか心配だったのだが、なんとか窓際《まどぎわ》まで運んでくることができた。電話機には、あの童話作家に教えてもらった電話番号が、メモ紙に書いて貼ってある。

畳に立て膝《ひざ》をし、羽毛の先を見た。上手い具合に、先日と同じような水滴が生じてくれている。

「よしよし」

壁の時計は六時二十五分。

先日のやりとりの中で、電話をかける時間について与沢が相談すると、相手は六時半ちょうどがいいのではないかと言った。その時間に祭り囃子《ばやし》がはじまり、海沿いの道を進み出すことを、なんと彼は役所に問い合わせて確認しておいたのだそうだ。

祭りは今日から三日間行われる。

いずれも六時半ちょうどに、与沢が電話をかけることになっている。

その場に座り込んだまま、与沢は腕組みをして電話機を見つめた。置いてある場所が違うせいもあるのだろうが、なんだか急にそれが見知らぬ機械のように思えた。プッシュボタンのあいだが黒ずんでいるのは手垢《てあか》だろうか。妻が生きているとき、彼女は家の中を丁寧に掃除し、この電話機なども三日にいっぺんは雑巾《ぞうきん》をかけていたが、さすがにボタンのあいだまでは拭っていなかったらしい。黒ずみを眺めていると、彼女がもうこの世にいないことが、どうにも奇妙なことに感じられた。

物思いの途中で時計を見上げると、針はぴったり六時三十分を指していた。与沢は受話器を上げて耳にあて、メモ紙に書かれた電話番号を一つ一つ確認しながら、プッシュボタンを押していった。

耳もとで響くコール音。唇を横に結んで応答を待つ。コール音は途切れずにつづく。どこか見知らぬアパートの、誰もいない一室で、電話機が騒々しく鳴り響いているところが頭に浮かんだ。首を振ってそんな想像を追い払うと、今度はあの家の片隅で電話が鳴り、雑誌の写真で笑っていた童話作家が、妙な老人と面倒な約束をしてしまったことを後悔しつつ、苛立《いらだ》たしげに電話機を睨《にら》みつけている場面が思い浮かんだ。

コール音が途切れた。

音が消えたというのに、まるで大きな音が耳に飛び込んだかのように、与沢はぎくっと上体を強張《こわば》らせた。

「あの……もしもし？」

誰も答えない。

何も聞こえない。

いや、聞こえる。衣擦《きぬず》れの音と、ゆっくりとした規則的な響き。これは足音だろうか。

「もしもし、私あの……」

こと、と短い音がした。

意識を右耳に集中させる。もう何も聞こえない。しかし通話は途切れていない。

「もしもし――」

という言葉の途中で、それは響いてきた。

祭り囃子。遠く、小さく。しかし、耳をすませばはっきりと聞き取れる。その音は、受話器を押しつけた耳から入り込んで、身体の隅々まで広がっていくようだった。あの祭り囃子。懐《なつ》かしい、海辺の道を進む櫓《やぐら》。半被《はっぴ》姿の男女が奏《かな》でる竹笛《たけぶえ》と太鼓《たいこ》。こんなにも変わらないものなのだ。何十年経《た》っても、こんなに記憶どおりの音なのだ。

与沢は傍らのルーペを取り上げた。

あの日の夕暮れは、すぐそこにあった。

お囃子を聞きながら、庭の黒土の上を駆けて路地へ飛び出した。

竹笛と太鼓の音は、夕焼けの方から響いてくる。ときちゃんはもう家を出たろうか。海辺へと下るあのくねくねした坂を、もう歩いているだろうか。駆け抜ける家々の門口に、麦藁《むぎわら》の燃えかすが散っているのは、送り火の跡だ。下駄《げた》の音がする。あれはときちゃんかもしれない。

立ち止まって呼吸を整えた。またそっと歩き出し、丁字路の手前から、海岸へと通じる坂道を覗《のぞ》き込んでみる。ずっと先を、男の人の三人組、女の人の二人組が、それぞれ何か言い合いながら歩いていく。その後ろに、小さな浴衣《ゆかた》の後ろ姿がぽつんとついていく。一人きりで歩いている。白地に赤い模様の入った浴衣。あれはときちゃんだろうか。

どきっとして振り返ると、すぐそばに、ときちゃんが立っていた。

浴衣姿で、不思議そうにこちらを眺めている。

「昭ちゃんも、お祭り行くの?」

　ときちゃんが小首をかしげると、おかっぱの前髪が揺れ、白い額《ひたい》が覗いた。ときちゃんの浴衣は金魚のような橙《だいだい》色で、下駄は綺麗《きれい》に磨いてあって、鮮やかな赤い鼻緒《はなお》の下に、ちっちゃな指が行儀よく並んでいる。

「うん。行く」

「一人で？」

「違う、友達と待ち合わせてる。そっちは？」

「あたしもお友達とよ」

「どこ？」

「神社のところ」

「僕、その先のほうだ」

「そいじゃ、いっしょに行きましょ」

　こくんと頷《うなず》いた。ときちゃんが歩き出さないので、ううんと一回、したくもない伸びをしてから歩き出した。下駄の音がついてきた。少し足をはやめると、ときちゃんの下駄の音もはやくなった。右の膝のあたりが痒《かゆ》いという演技をして、追いつくのを待ち、それからはいっしょに歩いた。ときちゃんは口を閉じたまま、何かのんびりした鼻歌をうたっていて、その鼻歌の最後と重ねるようにして訊いた。

「お話、またつくった?」

「つくったよ」

どうでもいいという声で答えた。

「ほんとう。どんなの?」

ときちゃんは顎を持ち上げて両目を大きくする。

「うん、蛍の話。蛍とね、かぶと虫の話」

「またケンカするの?」

このまえ母に言いつけられて、ときちゃんの家へ祖母がつくったヘチマのたわしを届けにいったとき、ほら貝としじみが、海と川の境目でケンカをする話をしたのだ。

「しないよ」

だんだんと、祭り囃子が大きくなってくる。坂道はゆるやかに曲がりくねり、夕陽の裾《すそ》が、自分たちを引き離していく。

「こんだ、どんなの?」

ときちゃんの浴衣からは、やわらかな樟脳《しょうのう》のにおいがした。

「あのね、蛍はね、最初は光らなかったんだ。ずっと昔は、おなかが光ったりしなかった。光ってたのはね、蛍じゃなくて、かぶと虫だったんだよ」

　わかるかわからないかというくらい、ときちゃんは小さく頷いて、話のつづきを待つ。

「かぶと虫は、ぴかぴか眩《まぶ》しい光の箱を持ってたんだ。ほら、かぶと虫って、大きな角があるでしょう？　あの先っぽの、二つに分かれたところに、光の箱をはさんでた。それで暗い場所を照らして、どこへでも行けたんだ」

「提灯《ちょうちん》みたいに？」

「そう。だから、夜んなると、みんなかぶと虫をうらやましがってた」

　中でも、いちばんうらやましく思っていたのは蛍だった。自分には何の取り柄もなく、地味でつまらなかったし、いつも真っ暗なところを飛ぶせいで、うっかり水の中に落ちてしまうこともあったから。

「それで、蛍はね、あるとき思いついたんだ。かぶと虫の持ってる、あの素敵な光の箱を、自分が盗んでやろうって」

　曲がり角を抜けると、目の前に海が広がった。橙色の光に、わっと顔が照らされた。ときちゃんの顔も、きっと同じように照らされているのだろう。前を向いたまま話をつづけた。

「ある夜、蛍は、かぶと虫が寝ているあいだに、ねぐらへ近づいていった。ねぐらっては、大きな木の洞《うろ》の中だよ。かぶと虫はなんにも知らずに、そこで気持ちよく寝てた。光の箱は角のあいだで静かに光ってた」

蛍はそっと近づいて、手を伸ばし、光の箱に触れた。

「――熱かないの？」

「熱かないよ。だって蛍をさわってても平気だろう？」

ときちゃんはこくっと顎を引いた。

「両手で引っぱると、光の箱はかぶと虫の角の先から外れた」

掌《てのひら》で口を叩き、ぽん、と音をさせてからつづけた。

「思ってたよりも、箱は重たかった。それで、やっぱり綺麗だった。蛍は光の箱を脇に抱えて、かぶと虫のねぐらから忍び足で出ていこうとした。でもね」

少しだけ、歩調をゆるめた。ときちゃんの下駄の音も、ゆっくりになった。左右に立ち並ぶ家の軒先には、祭り用の、白と紺の幔幕《まんまく》が飾られている。

「そのとき、かぶと虫が目をさましちゃったんだ。角の先に光の箱がないものだから、はっとして顔を上げたら、ねぐらの出入り口が明るい。それで、その明かりで、こっそり出ていこうとする蛍の姿がはっきりと見えた。かぶと虫は怒って走り出した。蛍はそれに気づいて、慌《あわ》てて逃げた。光の箱が重たくて、蛍は飛ぶことができなかった。

だから走って逃げたんだ。かぶと虫のほうも、いつも目の前を照らしてくれる光の箱がなかったものだから、飛べなくて、走って追っかけた。蛍はどんどん走って、かぶと虫はぐんぐん追っかけて、相手に近づいていった。ふたりのあいだの距離は、みるみる縮まっていって、あとちょっとで追いつきそうだった。もう駄目だって、蛍は思った。でも、どうしても光の箱は返したくなかった。自分のものにしたかった。だから蛍は、ずるいことをしたんだ。追いつかれる直前に、夢中で口をあけて、光の箱をのみ込んじゃったんだよ」

立ち止まり、ときちゃんに顔を向けた。ときちゃんは、これから言おうとしていることをわかっているように、しかしあまり自信がないように、もどかしげに両目を広げてこちらを見ている。

「だから、いまでも蛍は光ってるんだ。それで、のみ込んだ光の箱が重たいものだから、どうしてもふらふらしちゃう。たまに疲れて、蛍はすーっと地面に落ちたりもするでしょう?」

素早く二回、ときちゃんは頷いた。

「それでね、かぶと虫って、ほらいつも、何か探してるように歩いてる」

今度は声に出して、ときちゃんは「うん」と言った。

よく知らない上級生が何人か、下駄を派手に鳴らしながらそばを駆け抜けていく。そちらをちょっと見てから、ときちゃんに顔を戻すと、彼女はにこにこと笑っていた。どうして笑っているのかわからないが、こちらもつられて歯を出した。しばらくそうして、二人で顔を見合わせて笑っていた。やがて、思い出したように笑いを引っ込めたのはときちゃんで、彼女は視線を転じて海のほうを見た。いや、その手前にある神社の入り口を見ていた。

「お友達、もう来てる」

鳥居のまわりには人がたくさん集まっていて、その中に、教室でときちゃんと待ち合わせの約束をしていた女の子たちがいた。

「うん」

「昭ちゃんも、待ち合わせしてるんでしょう?」

「うん」

祭り囃子が、さっきよりもずっと近くで聞こえていた。いつのまにかあたりは人の声で騒々しくなっている。

「ときちゃん、あのね」

右のポケットに手を入れた。

「これ何だと思う?」

庭で千切ってきた月桂樹の葉を、かがせてやろうと思ったのだ。しかし、指先に触れたのは葉っぱではなく、自分の足だった。穴が開いたほうのポケットに、入れてしまったらしい。

「なあに?」

「あのね、これ」

咄嗟《とっさ》に反対のポケットに手を入れ、祖母にもらった点袋《ぽちぶくろ》を取り出して見せた。

「わかった、お小遣いでしょ」

ときちゃんは自信ありげに顎をそらす。

「そう。お祖母《ばあ》ちゃんにもらった。これで宝引《ほうび》きやるんだ。それと、からくり的《まと》も」

片手を握って口にあて、ふっと吹き矢の真似をした。

「いいな、昭ちゃん」

「いいだろ。友達と、みんなでやるんだよ」

また、ときちゃんが鳥居のほうを気にしたので、へへへと笑いながら一歩離れた。

「みんな待ってるよ。僕、もっと先で待ち合わせだから」

そういって背中を向け、なるべく鳥居を迂回《うかい》しながら神社の裏手へと向かった。人がどんどん少なくなっていき、祭り囃子も遠のいた。

石垣に背中をもたれさせて海を眺め、頭の中で数をかぞえながら、じっと待った。五十までかぞえて石垣から離れ、しかし念のため、もう三十かぞえた。そろそろ平気だろうと思って鳥居のほうへ戻ってみると、ときちゃんも、ほかの子たちも、もういなかった。

夏祭りの中を一人で歩いた。行き交う人たちの目つきも鼻つきも、ぼんやりしていた。陽が沈み、夜店のあいだに覗く海は、もう夜空の色を映している。道の脇に掲げられた高張り提灯が、明るく目立っていた。提灯に書かれた町の名前が、中の火の動きで揺らぎ、文字だけがそこに浮かんでいるように見える。

のぞきからくりの行列を過ぎると、「宝引き」と墨書きされた立て札が見えた。前を見ずに歩く大人たちをよけながら、少しずつ夜店に近づいていった。誰かのそばを抜けるたび、頭の上で、笑い声や話し声がふっと大きく聞こえ、すぐに遠ざかった。ようやく夜店のそばまでたどりつくと、大きな木製の箱にたくさんの景品が入っていた。汚れたガラスの向こうに並んでいるのは、掌サイズのぴかぴかしたビリケン、のらくろの面子《めんこ》セット、「少年クラブ」、トランジスタ・ラジオ、何が入っているのかわからない厚い封筒。中身はまるで札束のように見えるが、そんなわけはないだろう。

何度か食べたことのある森永のミルクキャラメル、まだ食べたことのないライオンのバターボール。大仰なリボンがついた金色のメダルに「東京オリンピック」と刻印されているが、あれはきっと嘘《うそ》だ。勝手につくったのに違いない。しかしすべての景品の中で、それが一番目立っていたし、明らかに目立たせようという場所に飾られていた。

それぞれの景品には白い布紐《ぬのひも》がくくりつけられている。紐はまず一箇所に集まり、そこは四隅を留められた風呂敷《ふろしき》で隠されている。どれがどれにつながっているのかが、わからないようにだ。風呂敷のこちら側で、紐は扇子《せんす》状に広がっている。客はお金を払って、どれか一本引く。ただし、景品の数よりも紐の数は多い。途中の風呂敷の下で、ぐんと数を増して、こちら側に伸びているのだ。増えた分の紐は、要するにみんなスカだった。

景品箱を囲むようにして覗き込んでいた家族連れが、どうせナントカカントカと言って笑いながら夜店を離れていった。すかさず近づき、木の台に腹を押しつけて、そこに並んだ紐をじっと見た。どの紐も、同じように並び、同じように先っぽが手垢《てあか》で黒ずんでいる。ハズレの紐も、アタリの紐も。この黒ずみは、あの人がわざわざつけたのだろうかと、声を張って客を集めているおじさんのほうを見た。

「一円で金メダル！」

バターボールがほしかった。赤と黒のチェックのビニール袋に詰め込まれているあれは、全部でいくつ入っているのだろう。もし今夜もう一度会えたら、ときちゃんにもあげたい。食べると、口の奥までいっぺんに甘いバターの味が広がって、ほっぺたが落ちそうになるのだとか。それを想像してみたら、じわっと唾《つば》がわき、口の中が知らないバターボールの味でいっぱいになった。

「一回」

祖母の点袋から一円玉をつまみ出して渡した。おじさんは「ほいっ」と返事をしてお金を受け取り、さあ選べというように右手で紐を示す。

どれだろう。まったくわからない。そろりと手を伸ばし、真ん中あたりの一本を選ぼうとしたが、やっぱりやめて手を引いた。右のやつにしようとして、またやめた。一番左の紐が、なんだか目立って見える。自分に向かって、何か主張しているように感じられる。咄嗟にその紐に手を伸ばしたが、指でさわってみると、急にそれは他の紐と何も変わらないように思えた。選び直そうとすると、おじさんに、いっぺんさわったらもう駄目だと注意された。

仕方なく、その紐を握った。

握った瞬間に「違う」と思った。

はっとしておじさんのほうを見ると、含み笑いで目をそらされた。紐を引いてみた。何の手応《てごた》えもなく、するりと風呂敷の下から抜けて、右手の先から垂れ下がった。

「はい残念！」

紐を返し、夜店を離れた。

ラジオ焼きの、いいにおいがする。そこを過ぎると、今度は烏賊《いか》を焼いている香りが漂ってくる。それを風がゆるやかに吹き払い、海からの湿った空気があたりを包み込む。風がやんだその瞬間、ほんの短いあいだだけ、潮のにおいと夜店のにおいが混じり合う。それは、一人きりのにおいだった。去年もおととしも、一人きりでかいだ、寂しいにおいだった。

立ち止まり、点袋を右目にあてて覗き込んだ。一円玉が、あと一つ。お腹《なか》が空《す》いていたので、食べ物を買いたかった。でも口の中には、食べたことのないバターボールの味がまだ残っていた。硬貨を取り出して握り込んだ。一円玉が手の中で、なんだかだんだんと厚みを増していくように思えた。二枚重なっているのではないかと思って、手をひらいてみたが、やっぱり一枚だった。振り返ると、遠くにさっきの宝引きの夜店が見える。おじさんの声が、ここまで聞こえてくる。あのバターボールは、じきに誰かが当てて、食べてしまうだろう。

気がつけば、人をよけながら夜店のほうへ戻っていた。だんだんと足が速まり、ほとんど走るようにして宝引きの夜店に行き着いた。

「もう一回」

「ほいっ」

二度目は、もっと慎重に選んだ。

しかし駄目だった。

「なんだ坊主《ぼうず》、何がほしかった」

うつむいて紐を返すと、おじさんが同情したような声で訊《き》いてきた。答えるかわりに、腕を伸ばしてバターボールを指し、そのとたん猛烈な悔しさがこみ上げたので、手を引っ込めて拳《こぶし》を握った。もう、祖母にもらったお金はなくなってしまった。

「ああこれか。こりゃ美味《うま》いんだよなあ、じわじわっとこう、甘くってな」

知らないくせに頷いた。そうしながら、ひょっとして、と思った。おじさんは、あのバターボールをくれるかもしれない。自分を可哀想に思い、こっそりタダでくれるかもしれない。握っていた右の拳に、さらに力を込め、ついでに左手も握って、なるべく悔しそうな様子を見せた。ぐっと顎《あご》を引き、唇を引き結ぶと、条件反射のように目に涙がにじんだ。

「ま、今度またやりに来な」

そう言っておじさんは笑い、掌をぱんぱん打ち鳴らし、両手をメガホンにしてふたたび客を寄せはじめた。顔を上げて見てみると、もうまったくこちらを気にしていないどころか、存在さえ忘れたように、行き交う人たちに呼びかけている。

夜店を離れ、とぼとぼと神社のほうまで戻った。

鳥居の手前で角を折れ、ついさっき下りてきたばかりの坂道を上りはじめた。哀《かな》しい水でずぶ濡《ぬ》れになったような気持ちで、暗い地面を睨《にら》みながら歩いた。遠くから聞こえてくる祭り囃子も、自分の息遣いも足音も、みんなその水にひたされて冷たくなっていく。鼻の奥が痛くて、もう少しで涙が出てしまいそうなのを、ぐっと堪《こら》えた。

「昭ちゃん、帰んの?」

後ろから声が飛んできた。

振り返ると、坂の下にときちゃんが立って、こちらを見上げている。涙声にならないよう、ごくりと唾を呑んでから答えた。

「うん。僕ちょっと、用があるから」

「そうお」

表情は見えないが、何ごとか考えながら返したような声だった。そのまま何も言わないので、坂道に向き直ろうとすると、ときちゃんは急に下駄を鳴らして駆けてきた。

「あたしね、忘れ物しちゃったの」

すぐ隣まで来ると、こちらの顔を見ないで言い、坂の上に向かって歩き出す。

「何を?」

「いいの、何でも」

よくわからないことを言う。

ときちゃんと並んで歩きながら、気づけば理由のわからない苛立ちを感じていた。歩くごとに、それがだんだんと募ってきて、お腹に丸めた新聞紙でも詰め込まれたように、いつのまにか嫌な気持ちでいっぱいになっていた。

「僕、一人で行くよ」

「どうして? いっしょの道じゃない」

「いいよ、一人で」

つい強い声を出すと、ときちゃんは立ち止まった。道の脇の高張り提灯が、その顔を半分照らした。迷子みたいな顔だった。大きな手に胸を摑まれたように苦しくなり、唇を結んで目を伏せると、ときちゃんのすぐ足もとに、何か落ちているのが見えた。

葉っぱだ――細長い葉が一枚。

「これ僕んだ」

思わず屈《かが》み込んだ。

「昭ちゃんの？」

「うん、僕がとってきたやつ。庭のやつ」

ポケットの穴から、ここで落ちたのだろう。

「何の葉っぱ？」

「いいにおいがする葉っぱ。僕んちの庭に生えてんだ。ほら」

葉を二つ折りにして、ときちゃんの鼻先に持っていった。ときちゃんは、最初は軽く身を引いたが、すぐにゆっくり鼻を近づけた。吸い込まれた透明な香りが、そこへ滲《し》み出てきたように、両目がきらきらと光った。

「月桂樹《げっけいじゅ》ってんだよ」

その場に立ったまま、二人で交互に葉をかいだ。においがなくなると、指でもんで、またかいだ。ときちゃんの指は、根本よりも先っぽのほうがずっと細くて、可愛らしかった。やがて葉がくしゃくしゃになったので、ぽいっと捨てた。そのときちょうど海風が坂を上がってきて、葉はときちゃんの髪にぶつかって絡《から》まった。二人で顔を見合わせて笑った。

風の止《や》んだ坂道を並んで上りながら、ときちゃんに訊いた。

「あのね、ときちゃんは、いつか結婚をするよね」

「うん、したいわ」

背後の祭り囃子はどんどん小さくなっていく。この坂を上りきったら、ときちゃんとはお別れだ。

「それで、もしも結婚して、子供ができなかったとするでしょ。そうしたら、ときちゃん、結婚しなければよかったって思う？」

「どうして？」

「だって、何もあとに残らないもの」

ときちゃんはきょとんとした顔を向けた。小首を傾《かし》げ、傾げたまま下駄を鳴らして歩く。

答えが返ってくる前に、とうとう坂のてっぺんまで来てしまった。立ち止まり、相手に身体《からだ》を向けた。

ちちち、ちち……。

どこからか、鳴き声がする。

ときちゃんはふいと夜の空を見上げ、それからあたりを見回して不思議そうな顔をした。変ね、というように眉《まゆ》を上げ、何か思いついたようにこちらへ向き直る。

「そしたら、小鳥でも飼うわ」

「え？」

「赤ちゃんができなかったら」

「でもね、ときちゃん」

ときちゃん……。

ときちゃんは顔を傾けて耳をすます。

ときちゃん、ときちゃん……。

「誰か、呼んでる」

「うん」

「あたし、行かないと」

「違うよ」

笑い返したが、反対に、涙がこみ上げて景色が揺れた。

「あれは、僕のこと呼んでるんだ」

そう言い終えたとたん、遠い祭り囃子とともに、ときちゃんの姿が薄らいだ。

（五）

「くっさー」

目立ちたがりの男の子は、ちゃんと葉をかぎもしないうちに声を上げ、寄り目になって倒れるふりをした。なんとなく予想していたので、与沢はすかさず四つんばいになって尻《しり》を突き出した。

「もっとくさいのをかがせてあげよう、ほうら」

男の子はぎゃあと叫んで立ち上がろうとし、しかし床の上で靴下が滑って派手に転んだ。それを見てほかの子供たちは笑ったが、与沢が配った葉への好奇心のほうが強かったらしく、すぐにまた月桂樹に戻った。それぞれ鼻先で葉をもみ、手を近づけるのではなく首を突き出すようにして、くんくんやっている。転んだ男の子も、つり込まれるように葉をかいだ。

サイダー。ブルーハワイ。ケーキ。そして、やはりミントガム。子供たちの感想は様々だった。与沢は月桂樹という木のこと、ローリエやローレルという名前でスーパーに売られていることを教えてやった。

「みんなのお母さんも、きっとお料理に使ってるんじゃないかな」

「お姉ちゃんが使ってた。シチューのとき」

目を大きく広げてそう言ったのは、ぽっちゃりと可愛らしい女の子だ。小学三年生で、たしか真子という名前だったか。まつぼっくりクラブに来ると、三回に二回ほどの割合でプレイルームにいる。ちょっとのんびりしたところがあるが、どうやら物語が好きらしく、いつも与沢が用意してきた話を真剣な顔つきで聞いてくれる。

「そうか、お姉ちゃんがお料理するのか。えらいお姉ちゃんだねえ」

「お母さんがお仕事のときは、お姉ちゃんがつくるの」

姉といっても、まだせいぜい中高生だろうに、大したものだ。

「ねえ、この葉っぱ、自分ちでとってきたの？」

別の女の子が顔を突き出して訊く。

「そうだよ」

「おじいちゃんちって、庭あるの？」

男の子が質問する。今日は、ほかは全員女の子なので、彼はいつもより少しだけ元気がない。

「ええとね。庭じゃなくて、ベランダ」

「ベランダなのに、おっきな木があるの？」

先ほど月桂樹の説明をするときは、成木の大きさ——あの庭にあったやつをイメージして話したのだ。

「おじいちゃんちのはね、植木鉢に入ってるんだよ。まだこのくらいの、ちっちゃな木なんだ。世話をしてれば、だんだん大きくなるけどね」

「おじいちゃんがお世話するの？」

「おじいちゃんじゃないんだ。お世話はね、おばあちゃんがやってたんだよ。おじいちゃんといっしょに、ほら、みんなにお話を聞かせてたおばあちゃん」

部屋の隅にいた重森さんがすっと顔を向けた。

「おばあちゃん、またここ来る？」

男の子が思い出したように訊く。

「いやあ、もう来られないんだ。ほら、別の児童館に呼ばれて、そっちでお話をしているからね」

子供たちにはそう説明してあるのだ。

「さ、じゃあその葉っぱをかぎながら、お話だ。おじいちゃんも、かぎながらやるからね」

ぱんぱんと手を打つと、葉をかぎながら聞くという初めての状況が嬉《うれ》しいのか、みんな静かになって与沢の顔に注目した。重森さんの肩から安心したように力が抜けた。

「今日はね、月をとりにいった、かぶと虫のお話だ」

「こないだと同じかぶと虫？」

男の子が訊いた。

「うん。同じかもしれないし、違うかもしれない」

納得していない顔の男の子に笑いかけ、与沢は話をはじめた。あのしずくのことを考えているうちに思い出した、これもずいぶん昔につくった物語だ。ときちゃんに話したのは、いくつの頃だったろう。

「そのかぶと虫はねえ……」

（六）

今日も雨の気配はない。家に帰ってしばらくすれば、きっとベランダの向こうに綺麗な夕焼けが広がってくれる。

帰りのバス停で顔を上げ、与沢は午後の空を見た。向かいの建物は西日のせいで輪郭ばかりが目立ち、なんだか知らない町のようだ。あれはスズメだろうか、影絵になった小鳥が、細かく跳ねながら屋根の縁を上っていく。

それにしても、まつぼっくりクラブの玄関を出ようとし、真子が追いかけてきたときは驚いた。

——おばあちゃん、お葬式だったの？

三和土《たたき》に立った与沢を見上げ、だしぬけに彼女はそう訊いたのだ。見送りに来ていた重森さんと進藤くんは、ちらっと目線を交わし、進藤くんのほうが何か言おうと口をひらきかけたのだが、与沢が先に声を返した。

——どうして、そう思ったの？

何か自分が大人たちにとって好ましくないことをしたと感じたのか、真子の顔に臆《おく》病《びょう》そうな色が浮かんだ。与沢がゆっくり腰を落として視線を合わせると、少し安心したらしく、彼女は口をあまり動かさない喋《しゃべ》りかたで答えた。

——先生たちと、シジュウクニチとか、ヒャッカニチとか話してたから。

——ああ……。

たしかに昨日、重森さんや進藤くんと、そんな会話をした。あのとき事務室の入り口にひらりとスカートの色が見えたのは、真子だったのか。しかし小学校低学年の子供が「四十九日」や「百箇日」を知っているとは思わなかった。もう少し小さな声で話すべきだった。そう後悔していると、真子がまるで言い訳でもするようにつづけた。

——真子のうちも、おばあちゃん死んじゃって、おんなじことやったの。

——ああそうなの。最近のこと？

ずっと前だという。

真子は小さな指をもどかしげに折りながら年を数えた。

——四年前。真子が四歳のとき。それで、そのときお姉ちゃんに、シジュウクニチとかヒャッカニチとか教えてもらったの。イッカイキとか。

与沢は迷った。妻の死はべつに、ばれたらまずい事実というわけではないのだが、やはりいったん内緒にしてしまうと本当のことは言いづらい。重森さんと進藤くんもすぐに対応が思いつかないようで、兄妹みたいに揃《そろ》って唇を曲げた。

——みんなには、内緒にしといたげるね。

どこまでこちらの心境を理解していたのかはわからないが、真子は生真面目《きまじめ》な顔で与沢を見つめながら、同年代の友達と約束するように、小声でそう言った。

——そうか……うん、ありがとう。

しゃがみ込んで視線を合わせたまま、素直に礼を述べていた。

――おじいちゃん、元気がなくなったから、おはなし会やめちゃうの？

意外なことを訊かれた。

――うん？

――おばあちゃんが来なくなったあと、おじいちゃん、元気じゃなくなったでしょ。だからやめるの？

子供に見抜かれていたとは驚きだった。彼らの前では、以前と同じように明るく楽しく、剽軽《ひょうきん》に振る舞いつづけてきたつもりなのに。

――おじいちゃんは、ちょっと他にやることができたから、やめるんだよ。みんなとお別れするのは残念なんだけどね。

しかし真子は、与沢の返答にはお構いなしに言った。

――おじいちゃん、プラタナスって知ってる？

――ああ、あっちの道に並んでる木だね。よく知ってるなあ、大したもんだ。

――あの木の葉っぱを、朝にじっと見てるとね、心が元気になるんだって。お姉ちゃんに教えてもらった。この前ね、真子もやってみたらね、ほんとに元気になった。

ひと息に言われ、なんだかよくわからないところへ、彼女はさらにつけ加えた。

――でも、あんまり見すぎちゃダメなんだよ。元気になりすぎちゃうから。

マンションに帰ると、インコの籠《かご》に餌《えさ》を入れて水を取り替え、麦茶を飲みながら時間が過ぎるのを待った。六時二十分になると、ベランダで月桂樹の葉を二枚千切った。

部屋に戻って凧糸《たこいと》に湯呑《ゆの》みの水を垂らし、窓辺に置きっぱなしにしておいた電話機の前に胡座《あぐら》をかく。昨日の電話のあと、あの童話作家は何も言わずに通話を切ってくれたが、今日も同じようにしてくれるのだろうか。

六時半に電話をかけると、あの家のどこかで受話器はすぐに上げられ、衣擦《きぬず》れの音と足音が微《かす》かに聞こえた。

そして、あの祭り囃子《ばやし》が響いてきた。

一番下の葉は、ちょうど肩の高さにあった。

それを二枚もぎ取り、ポケットに入れた。

熱《ほて》る坊主頭をごしごしやりながら、庭を抜けて路地へ出る。角を二度曲がり、最後の角を折れて坂に出ると、それまで微かにしか聞こえていなかった祭り囃子が、まるで耳に詰めた綿を取り去ったみたいに、急に大きくなる。櫓《やぐら》との距離が近くなったわけではないのに——この坂が、音の通り道になっているのだろうか。小さな頃は、そんなことには気づかなかった。ときちゃんの下駄の音を、探していたからかもしれない。

いまはもう探さない。場所も時間も、約束してある。

「昭ちゃん」

歌うような抑揚に顔を向けると、青地にけし紫の朝顔を鏤《ちりば》めた浴衣を着て、ときちゃんが立っていた。

「うん」

と律儀《りちぎ》に返事をし、彼女の下駄が近づいてくるのを待って、坂道を下った。

中学校に入学すると、まるでそれが何かのスイッチだったように、ときちゃんの手足はすらりとしなやかに伸びはじめ、髪はガラスみたいな艶《つや》を帯び、声も女の人のものに近づいた。自分はこんなに何も変わらないのにと、母の鏡台《きょうだい》の前で膝立《ひざだ》ちになってみるのだが、よくよく見ると自分の姿もけっこう昔と違っている。全体的に骨ばって、角度によっては鼻の下にうぶ毛が生えているのが見えた。首の前をさわってみると、父や祖父のようではないけれど、喉仏《のどぼとけ》が少し尖《とが》っている。

「あとでね、やきそば買ってあげる」

そっぽを向きながら言うと、ときちゃんは器用に下駄の歯を軸にし、時計回りに半回転して振り返った。

「ほんとう?」

「うん。小遣い、とってあるから」

「でも自分で買う。あたしもお小遣いあるもの」

「いい。買ったげる」

「じゃ、それをいっしょに食べよ」

「僕、お腹いっぱいだから」

にっこり笑い、ときちゃんはまた半回転して背中を向けた。額に手びさしをして海のほうを眺めながら、カラコロと歩いていく。

ときちゃんに何かおごってやりたくて、出がけに油揚《あぶらあ》げ一枚、鰹《かつお》の刺身一切れ、煮物の夏大根としいたけと里芋《さといも》を一個ずつ食べて、腹をふくらませてきたのだ。彼女が夜店の食べ物を頬張っているそばで、ものほしそうな顔にならないように。台所で見つけたものを少しずつ食べたのは、それなら母にばれないと思ったからだ。べつに祭りの日に家で夕飯を食べて悪いことはないのだが、ときちゃんに食べ物をおごってやるという目的が気恥ずかしく、誰も見ていない瞬間を見計らって一気に口に詰め込んだ。

　坂を下りきり、神社の前にたどり着いた。赤いぼんぼりに彩《いろど》られた海沿いの道を、行き交う人をよけながら二人で歩いた。やきそばの夜店があったので近づこうとしたら、たこ焼きが食べたいとときちゃんは言う。

「だめ？」

　たこ焼きを買い、ときちゃんに渡した。ときちゃんは周囲を見回して人の少ない場所を探し、夜店と夜店のあいだ、幹の曲がった黒松がひっそり立っているほうへと歩いていった。ついていくと、ときちゃんが根元に腰を下ろしたので、少しあいだを空けて自分も座った。地面に昼の熱がまだ残っていて、ズボンの尻があたたかい。ごつごつした黒松の幹には、飴色《あめいろ》の蝉《せみ》の脱け殻が一つ、くっついていた。ときちゃんは楊《よう》枝《じ》でたこ焼きをさし、自分の口に入れるかと思ったら、「はい」とこちらに差し出した。

「いらないよ。お腹いっぱいだもの」

「そう」

　ときちゃんは簡単に引き下がって、大きくあけた口でたこ焼きをぱくっと食べた。

熱さと味を楽しむように、目を細めてゆっくりと咀嚼《そしゃく》し、鼻から満足そうな声を洩《も》らすと、のどをそらして呑み込む。楊枝で別のたこ焼きをさし、今度もぱくっとひと口で食べるかと思ったら、また「はい」とこちらに差し出した。つい頷《うなず》き、楊枝ごと受け取ってたこ焼きを食べた。

残りは、ときちゃんが六個食べ、二個もらった。

「昭ちゃんは、大人になったら何になるの?」

唇を薬指でこすりながら、急に訊く。

「どうして?」

「あたしね、ずっと考えてたんだけど、最近決めたの。将来何になるか。だから、昭ちゃんはどうかなって思って」

「うん」

曖昧《あいまい》に返事をし、口のまわりを舐《な》めると、ソースの甘い味がした。黒松の根のあいだに、風が運んできた海岸の砂が溜《た》まっている。

「僕ね、じつはなりたいものがあるんだよ」

初めて打ち明けると、ときちゃんは意外そうに顔を上げ、つづきを待った。そんなに大層な夢というわけでもないので、言いづらかった。のどに空気のかたまりが詰まったようで、ごくっと唾を呑んだら、少しだけその感覚が薄らいだ。

「じつはね」

思い切って自分の夢を話した。すると、ときちゃんの表情が一変した。はじめは興味深げだったのが、だんだんとぼんやりしたものに変わり、そこに疑問の色がまじり、最後には驚いた顔になった。

「……小学校の？」

先生になりたいと、しばらく前から考えていたのだ。いろんな勉強をして、いろんなことを子供に教えてやりたい。自分でつくった物語を聞かせたり、つくってこさせた物語を聞いたりもしたい。

「ときちゃんは？」

そう訊き返したときにはもう、じつのところ予感はあった。

ときちゃんが答えないので、言ってやった。

「小学校の先生でしょ」

口許《くちもと》をゆるめながら、ときちゃんは頷いた。くすぐったそうに顔をそむけ、下駄の上で指先を動かす。同じだねと言うと、静かに顎を引き、そのまましばらく黙った。

「でもね」

足先を眺めたまま言う。

「あたし、この町じゃなくて、もっと都会で働きたいっていう夢もあるの」

初めて聞いたことではなかった。何度かときちゃんは、大人になったらこの町を出て、たくさんの人の中に飛び込んでいきたいと言っていたのだ。

「だったら、都会で学校の先生になればいいよ」

「そういうことって、できるのかしら」

「わかんない」

「わかんないね」

尻切れトンボで、話はおしまいになった。ゆるい風が吹き、頭上の枝葉が音を立てた。ぽつんと浴衣《ゆかた》の肩に何かがぶつかったので、拾ってみると、茶色くなった松の葉だった。二股《ふたまた》の葉をちょっとひらき、一本を指でつまんでくるくる回した。

「ときちゃん、たとえばね、誰かと結婚するでしょ。それで、いつかその人が先に死んじゃったら、どうする？」

ときちゃんがパッと口をあけて笑ったので、白い歯の向こうにピンク色の舌が見えた。

「死んじゃったら、しょうがないじゃない。旦那《だんな》さま抜きで生きてくわ」

「じゃあね、じゃあもしも、自分が先に死んじゃって、結婚した相手の人が一人で残されたとしたら、その人にはどうしてほしい？」

　ときちゃんはしばらく考えた。そのあと、どうしてかツンとした様子で答えた。

「そんなの、旦那さまの勝手でしょ。自分が死んだあとのことまで知らないわ」

　間を置かずに訊いてくる。

「昭ちゃんだったら、どうするの？　もしも、結婚してた人が先に死んじゃったら」

「うん」

　と言ったまま、言葉が出てこなかった。

　もう一度訊かれた。

「どうするの？」

「一人になったら、生きてたってしょうがないよ。だって、なんか、空っぽな感じがするもの」

「だったら？」

「僕はね、死んじゃおうかと思ってる。たとえば、練炭《れんたん》なんか、いいと思ってんだ。ほら、かくれんぼで掘りごたつに隠れてて、死んじゃった子の話、朝礼で先生が言ってたろ」

「ふうん」

何故《なぜ》だか急に、ときちゃんは素っ気ない様子になり、ぼんぼりの下を行き交う人たちに目を向けた。

「これ、はい」

ポケットから月桂樹の葉を出して、一枚渡した。ときちゃんは少しだけ笑顔になって受け取り、鼻のそばで葉をもんだ。しばらく目をつぶり、香りをかいでから、何もかも忘れたような顔でこちらを振り向く。

「新しいお話、ある?」

あたりにはもう夕闇《ゆうやみ》が降りていて、ときちゃんの白い顔は、暗がりでうっすらと炯《ひか》っているように見えた。背後のどこかで、虫が嬉しそうにすだいている。

「あるよ。あのね、月をとりにいった、かぶと虫の話」

おや、というようにときちゃんは首をかしげる。

「ずっと前に話した、蛍とかぶと虫の話のつづきなんだよ」

やはりときちゃんは、その話を思い出してくれていたらしい。納得したように頷いた。

「でも、同じかぶと虫かどうかは、わからない」

「うん」

「昔々の話だよ。そのかぶと虫はね——」

大きな大きな杉の木に上っていた。長い時間をかけて、落ちないように、少しずつ。昼間は眩《まぶ》しすぎて何も見えず、夜は暗くて視界が利《き》かなかったので、飛ぶことはできない。だからそうして六本の脚で上っていくしかなかったのだ。

いったい何のためにそうしていたかといえば、

「月をとりにいこうとしていたんだ」

かぶと虫はずっと長い年月、失《な》くしてしまった光の箱にかわる何かを探していた。が、どこを歩いても見つからなかった。誰に訊いても答えを教えてはくれない。ある晩、疲れきった顔をふと上げると、空に美しい満月が輝いていた。

あれがほしいと、かぶと虫は思った。

「でも、月に向かって飛んでいくことはできなかったんだ。だって、どこから見上げても、自分と月とのあいだを何本もの木の幹や枝が邪魔していたから。月がほしくて飛んでいって、途中で幹や枝にぶつかって、死んじゃうかもしれないからね」

だからかぶと虫は、高い杉の木に上りはじめたのだ。

「月の姿がぜんぶ見えるところまで、かぶと虫は上っていこうとしていた。ぜんぶ見えるってことは、自分と月のあいだにはもう何もないってことだものね。ところが、いくら上っても、上っても、まだ月の光に何本かの木の影が重なってた」

それでも上りつづけた。ある日、雨が降った。濡れた木の肌に必死にしがみつきながら、かぶと虫は休むことなく高い場所を目指した。そしてその夜、とうとう杉の木のてっぺん近くまでたどり着いた。

「そこから月のほうへ向かって、一本の枝が延びてた。かぶと虫はその枝に脚をかけて、進みはじめた。自分と月とのあいだにはもう、いま進んでいるその枝の影しかなかった。昼間の雨で、枝も葉も濡れていて、恐《こわ》かったけど、かぶと虫は進んだ」

やがてとうとう枝の先端へと行き着き、かぶと虫は顔を上げた。

「月が、ぜんぶ見えてた。満月が、初めて何にも邪魔されずに見えてた」

かぶと虫は自分を誇らしく思った。胸を高鳴らせ、濡れた枝から一番前の二本脚をそっと離し、つぎの二本を離した。恐ごわ翅《はね》を広げ、羽ばたくと、ぶん、という懐《なつ》かしい音がした。もう迷いはなかった。かぶと虫は精いっぱいの速さで翅を動かしながら、一番後ろの二本脚で枝を蹴《け》った。葉についたしずくが、はるか下の地面へばらばらと落ちていくのが最後に見えた。びゅうと身体に風があたり、かぶと虫はもう月を目指して飛んでいた。

「でも、月は逃げてった」

かぶと虫が飛ぶほどに、相手も飛び、進むほどに進んだ。いつまで経《た》っても、かぶと虫は月に近づくことができなかった。明け方、太陽が顔を出す前に、かぶと虫は地面へ降り立った。眩しすぎず暗すぎないその時間だけ、何にもぶつからずに降り立つことができたのだ。しばらく翅を休め、力が回復すると、かぶと虫は近くにある一番大きな木を探し、それに上った。時間をかけて上り、上り、上り、自分と月とのあいだに何もなくなるまで上ると、また飛び立った。一直線に月を目指して。そして明け方になると、また地面へ降り立って翅を休めるのだった。

「でも、そうしているうちにね」

かぶと虫は漠然と失敗に気づきはじめた。いちど気づいてからは、失敗は胸の中で大きく、真っ黒にふくらみ、いつしか絶望へと変わっていた。

「そのときにはもう、歳《とし》をとって、身体にも力が残っていなかった。翅の動きは、頑張っても頑張っても、少しずつ遅くなっていった。自分がどんどん低いところへ落ちていくのが、かぶと虫にはわかった。それでも、どうすることもできなかった」

やがて、月に山の影が重なった。

その影はだんだんと月を覆《おお》っていった。

「とうとう月は完全に消えた。目の前にあるのはもう、山の影と、木の影だけだった」

その光景に呆然《ぼうぜん》とし、かぶと虫はいつしか羽ばたくのを忘れていた。気がつけば木々の枝が目の前にあり、身体のどこかが、それをかすめた。空中で全身がぐるんと回った。山の影が回り、枝葉の気配が回り、上が下になり、下が上になって、つぎの瞬間、生い茂る下草の中に飛び込んでいた。

そのまま、かぶと虫は眠った。

「目を覚ますと、朝だった」

誰もいない、何もない朝だった。

かぶと虫はよろよろと起き上がり、歩きはじめた。何かを考えながら、水音が聞こえるほうへ。しばらく行くと下草が消え、眩しさで目の前が真っ白になった。それでもかぶと虫は、重たく響く水音のほうへと、一歩一歩進んでいった。そこにあるのは滝壺《たきつぼ》だった。

ほどなくして、かぶと虫は水辺にたどり着いた。眩しくて何も見えないかぶと虫は、音をたよりに、自分の真正面に滝壺がくるよう、その場でゆっくりと身体の向きを変えていった。

「それから、翅を広げて、かぶと虫は飛んだんだ。滝壺に向かって一直線に」

自分の膝先を眺めながら耳をかたむけていたときちゃんが、顔を上げてこちらを見た。

「どうして？」

「もう、疲れちゃったんだろうね」

「月をとりにいくことに？」

「それだけじゃなくて、ぜんぶに」

自分に残っていた力のすべてを込め、かぶと虫は滝壺に向かって羽ばたきつづけた。水音が急激に大きくなり、すべての音がそれに掻《か》き消され、何か大きなものに叩《たた》き落とされる衝撃を感じた。渦巻く水の中で、全身が散り散りになるかと思われた。

そして、何も見えなくなった。

何も聞こえなくなった。

「——死んじゃったの？」

下駄の踵《かかと》を地面につけ、並べた爪先《つまさき》をゆっくりと上下させながら、ときちゃんは訊く。

「死んじゃった」

答えると、ときちゃんの顔が曇った。

その顔を眺め、胸の中で何秒か数えてから、また口をひらいた。

「かと思ったら、目が覚めた」

「なによ」

「誰かが呼んでたんだ」

もしもし……もしもし、あなた。

「全身傷だらけだったけど、かぶと虫は死んではいなかった。目を開けると、一匹のやもりが、顔を覗《のぞ》き込んでた」

あ、起きた。よかった、死んでいるかと思いましたよ。

「心底ほっとした様子で、やもりは大きく息をついた。かぶと虫はあたりを見回した。そしたら、どうやら川べりで気を失ってたことがわかったんだ。でもそこは、自分が飛び込んだあの場所じゃなかった。見憶《みおぼ》えがあったものだから、ぼんやりする頭でしばらく考えているうちに、かぶと虫は気づいた。そこは、かつて自分が暮らしていた場所だった。月に向かって飛び立った、あの大きな杉の木がある森だったんだよ」

あなた、どこかでうっかり、川に落っこちちゃったんですねえ。それで、ここへ流れついたんだ。駄目ですよ、命は大事にしなきゃあ。

「そう言いながら、やもりは自分の後ろを振り返った。そこにはやもりの家族が並んでた。やさしそうな顔をした奥さんと、ちっちゃな男の子が二人。奥さんは心配そうに、子供たちは興味津々《しんしん》で、かぶと虫のことを見てた。その様子を眺めながら、かぶと虫は、あのまま死ねなかったことを、残念に思った。だって自分は、一人きりなものだからね」

生きていても、いいことなんてないですよ。

「かぶと虫はそう言った。するとやもりは、しばらく考え込んでから、こんな話をした」

まあねえ、そういうふうに思うときってあります。私もね、ずっと昔に、ちょっと大変なことがあって、生きているのが嫌んなったものですよ。それで、餌をとることも面倒になって、水を飲むことさえやめて、痩《や》せて痩せて、歩くこともできないくらいに弱って、ああもうすぐ死ぬなあってところまでいったんです。そうなるともう、死んじゃうほうがずっと楽なんですね。無理に生きていこうとするよりも。

あれは月の綺麗《きれい》な晩だったなあ。ただただ時間が自分を殺してくれることだけを待ちながら、私、地面にひっくり返ってたんです。それで、ああ早く楽んなりたい、ああ早く消えちゃいたいって、一人でずっと呟《つぶや》いてました。だんだん苛々《いらいら》してきて、し

まいには、もうほとんど力なんて残ってないくせに、かすれた大声で、ああ！　あ
あ！　って怒鳴ってましたよ。
　でも、そのとき、びっくりすることが起きたんです。ああ！　って私が何度目かの
声を上げた瞬間、雨も降ってないのに、空からしずくが落ちてきて、口ん中に飛び込
んだんですよ。そこは大きな杉の木のそばだったんですけど、驚いて目をひらくと、
その木のてっぺんのところから、なんだかずんぐりむっくりした虫が飛んでいくのが
見えました。その虫が飛んでいくとき、枝が揺れたんでしょうね。それで、葉っぱに
ついてた雨水が垂れて落ちたんです。私はもう水を飲むこともやめていましたが、勝
手に口に飛び込んできたもんだから、思わずごくりとやりましたよ。そしたら、その
水の旨《うま》いこと、旨いこと。
「やもりはペロッと舌を回し、懐かしそうに目を細めて、空を見上げた」
　それでね、私、自分の身体に何だか急に力がわいてくるのを感じたんです。何でし
ょうねえ、あれは不思議なもんで、だって口に入ってきたのはただの水ですよ。飲も
うと思えば、いつでも飲めたんだ。でも私は飲まなかったし、誰も私に飲めって言い
もしなかった。自分が生きていくことに精一杯だったんですね、みんな。そんなとき、
偶然にも口の中に水が飛び込んだ。なんだってあのとき、あんなに力がわいてきたん

だろなあ。そこんところは、いまだにわからないんですけどね。まあ、わかるかわからないかなんて、けっきょく大事じゃないんです。大事なのは、いま私がこうしていられることですよ。

「そう言って、やもりは笑った」

祭り囃子は、もうだいぶ遠くなっている。

すぐそばにいるときちゃんの顔は、暗がりにまぎれてよく見えない。いや違う。祭り囃子もときちゃんも、少しずつ薄れているのだ。

「――おしまい？」

「――おしまい」

みんな薄れていく。みんな遠ざかっていく。「いやだ」――胸の中で声を上げたら、目の中でぼんぼりの灯りが滲《にじ》んだ。

「ときちゃん、僕ね」

ときちゃん……。

呼ぶ声がする。

「僕はね」

ときちゃん……ときちゃん……。

「なあに？」

その声も、もう風の音のように微かだった。

（七）

「え、こんなにいただいちゃっていいんですか？」

スーパーのレジ袋に詰めた葉を見るなり、重森さんは目を丸くした。予想していた反応だった。なにしろ鉢植えの月桂樹《げっけいじゅ》から、ほとんどすべての葉を摘んで持ってきたのだ。

「いいの、いいの。だってほら、私、自分じゃ使わないから。みんなあげます。乾燥さしちゃえば、長いこととっておけますからね。多すぎたら、誰かにあげちゃってください」

「でも」

「あとで子供たちにもあげましょう。あんまりやっちゃ、ありがたみがないから、何枚かずつ適当に」

「すみません、ほんとに」

重森さんはエプロンの前に手を揃え、丁寧に頭を下げた。とても好ましい、綺麗なお辞儀《じぎ》だった。

「あの、与沢さん……あのですね」

重森さんはちらっと背後を振り返る。進藤くんはプレイルームのほうへ行っているので、事務室には与沢たちのほかに誰もいない。

「もしですよ」

表情の定まらない顔で、与沢の胸のあたりを見ながら何やら切り出す。

「もし、あの……いえまだ全然そういうんじゃないんですけど、もしかしてそんなふうになったときの話で、その、将来的なことっていいますか」

まったくわからない。それに本人も気づき、短く咳払《せきばら》いをすると、すっと顔を上げた。

「結婚とか、そういうことになったときの話です」

ニュースキャスターのような、妙にはっきりとした口調だった。

「あ、進藤くんと」

名前を出されたことに慌《あわ》て、重森さんはまた無意味に背後を見る。

「まあ、はい、そうです」

「そういうことになったときに？」

「え」

「だから、結婚とか、そういうことになったときに？」

「はい」

「何？」

あ、とまた視線を下に外し、しばらく待っていると、可笑《おか》しいくらいに潤《うる》んだ目を上げる。思わず頬が持ち上がったが、つぎに彼女が発した言葉に、与沢は胸を突かれた。

「そのときは与沢さんにも、招待状をお送りしていいですか？」

「というと——」

意味がわかってはいたが、途惑いのあまり訊《き》き返した。

「式とか、披露宴とかです。本当は時子さんと連名でお送りできたらよかったんですけど。……あでも、わからないですよ。もしそんなことがあったらの話です」

返す言葉が見つからなかった。ベランダの鉢植えに残してきた二枚きりの葉を、与沢は思った。今日の夕方に、摘み取るつもりの二枚。もう、重森さんにも進藤くんにも会うことはない。会えない。招待状を受け取る者はいない。きっと郵便局が彼らのもとに送り返してしまう。

「すみません、おこがましいこと言って」

与沢の反応を取り違えた重森さんが、急に恐縮して真顔になったので、与沢は素早く笑顔をつくった。

「いやねえ、この歳んなると、そういったのに参加させてもらうのも、わりとあれなんですなあ、億劫《おっくう》っていいますか……」

まだ決まってもいないことを断られたりしたら、きっと彼女は傷つくだろう。しかし仕方のないことだった。適当に誤魔化して期待を持たせてしまうわけにはいかない。

「わかります。いえ、わかるっていうか、わたしの祖母も同じようなことを言っていたので」

「ああ、お祖母《ばあ》さん。でも、お祖母さんは、さすがに孫の結婚式は見たいでしょう？」

「ええ、わたしも見せたかったんですけど、ここに勤めはじめた頃に亡《な》くなってしまいまして――」

中途半端《はんぱ》に言葉を切った重森さんの表情に、何かがよぎった。その何かが自分に向けられたものであるのを与沢は感じた。やさしい人だと感心しながら、笑いを前置きにして言った。

「変なこと気にしない、気にしない。年寄り相手に喋ってると、深く考えたりしたら、何を話しても失礼になっちゃうもんです。いいの、いいの、そんなの適当で。こっちがちゃんと、受け止めかたを工夫するから。そんなこともできないんじゃ、歳とったってしょうがない」

言われても困るだけだろうが、言ってやりたかったのだ。重森さんは、頷くような頷かないような、小さな動きで首を揺らし、目を細めた。

与沢は壁の時計に目をやった。

「さ、時間のようですな」

「はい」

子供たちに囲まれるのも、これでいよいよ最後だ。

「そいでは参りましょう」

「参りましょう」

笑いながら、二人で事務室を出た。重森さんは月桂樹の葉を詰めたレジ袋を持ったままだ。プレイルームの入り口、ドアのガラス越しに、細身の進藤くんがゴリラのように両腕を挙げて顎《あご》を突き出しているのが見える。その腕に男の子と女の子が一人ずつぶら下がり、足下には順番を待つ子供が五人も群がっている。

「幸せになるといいですねえ」

ドアの手前で与沢が呟くと、

「頑張ります」

重森さんは朗らかな、しかし思わぬ芯《しん》のある声で答えた。

子供たちと進藤くんに月桂樹の葉を一枚ずつ配り、与沢も一枚つまんで、床に腰を下ろした。重森さんも進藤くんも、今日は子供たちといっしょに座った。二人がそうするのは、初めて妻とともにここで読み聞かせをしたとき以来だ。

プレイルームの空気はいつもと違い、なんだか部屋中に見えない水平線でも引いてあるようで、それだけでも、これまで自分や妻がやってきたことが彼らにとって少しは意味のあるものだったとわかった。嬉《うれ》しかった。妻にも見せてやりたかった。

「じゃあ、最後のお話だよ」

どうか自分の死が、いまここにいる全員に、いつまでも報《しら》されずにいてくれますように。そう祈るしかなかった。

「いつも静かに聞いてくれてありがとうね。おばあさんも、喜んでたよ。みんな本当に、いい子たちだって」

真子と目が合うと、彼女は眩しそうに瞬《まばた》きをした。与沢は月桂樹の葉を半分に折り、鼻先に持っていって香りをかいだ。これから話すのは、昔つくった物語ではない。妻が旅立ったあと、一人で夕食をとりながら、あるいはこのまつぼっくりクラブへの往路や帰路、地面を見つめて歩きながら、頭の片隅で少しずつつくったものだ。物語をつくったのなど、何年ぶりだったろう。

「最後のお話はね――」

（八）

帰宅するとすぐに、インコを空へ放した。

鳥籠をベランダへ持って出て、インコが部屋に戻ってしまわないよう網戸を閉めてから、開閉口を上げてやった。

「おいで」

そういえば自分の「おいで」を、最後まで真似《まね》してくれなかったなと思いながら、与沢はインコの動きを見つめた。インコはしばらく止まり木の上できょとんとしていたが、やがて羽を閉じたまま両脚でチョンと跳ね、開閉口の縁《へり》にとまった。そこで長いことじっとしていた。しばらく見下ろしていると、ようやく意を決したように羽を広げたが、すぐそばの月桂樹の枝へ飛び移っただけだった。二枚だけ残された葉のそばで、インコはくる、くる、と首の角度を変え、いつまでも周囲を窺《うかが》っていた。

「いいんだよ、ときちゃん。飛んでっても」

名前を呼んだのは、ひょっとするとこれが初めてかもしれない。そう思った瞬間、彼女は不意に身を震わせ、素速い羽音とともに飛び立った。動きに目が追いつかず、顔を上げて姿を探したときにはもう、入道雲《にゅうどうぐも》の手前で小さな点になっていた。

その点も、すぐに消えた。

価格が安いという理由ではあったが、妻と終《つい》の棲家《すみか》を探しているとき、この一階の部屋を買っておいてよかった。もし高い場所なら、しずくに映る景色もまた違っていただろうし、インコもなかなか飛び立てなかったかもしれない。なにしろついさっきまで、生まれて一度も空を飛んだことがなかったのだから。いきなり目の前いっぱいに空が広がっていたりしたら、なかなか羽を広げる勇気が出なかったのではないだろうか。

「鳥に、そんなのはないもんかな」

最後の二枚の葉を摘み取って部屋へ戻ると、与沢は窓をぴったりと閉めた。台所との境目の襖《ふすま》も閉めたが、窓際《まどぎわ》まで引っ張ってある電話機のコードがあるので、どうしても隙間《すきま》が開いてしまう。少し思案してから、その隙間をガムテープで塞《ふさ》いだ。密封された六畳間は、みるみる暑くなった。

「ま、しょうがない」

座卓の上に置いてあるのは、水の入った湯呑みと、手擦《てず》れのしたアルバム、妻の遺影、そしてホームセンターのロゴが印刷してある大きなビニール袋だった。

平日だからだろう、バスを途中下車して寄ってきたホームセンターは空《す》いていた。売り場が広いので、目的のものを探すのに手間取った。調理器具のコーナーで売られているとばかり思い、鍋《なべ》やフライパンや水切り籠が並んだあたりをうろうろしていたのだが、なかなか見つからず、店員に訊《たず》ねてみたら、置かれているのはアウトドアのコーナーだという。売り場を横断して探しに行くと、ようやく見つかった。着火剤と、ふだん煙草《たばこ》をやらないのでライターもいっしょに買い、店をあとにした。

「さてさて」

七輪《しちりん》に炭を山盛りにし、隙間に着火剤を突っ込んで火をつけた。部屋はさっきまでよりもさらに暑くなり、首筋に汗が流れた。しばらくすると着火剤の炎が消えたので、少しだけ暑さがやわらいだが、はたしてこれは炭に火が移ってくれているのだろうか。

明るい場所なので、よくわからない。ためしに手の甲を近づけてみると、じりじりと熱される感覚がある。

「団扇《うちわ》はどこだ、と」

台所のテレビの脇《わき》にそれがあったことを思い出したが、襖に貼《は》ったガムテープを剝《は》がさなければ部屋を出られなかったので、七輪の入っていた箱を折りたたんで団扇がわりにした。炭火を扇《あお》ぐと、ぱち、ぱち、と小さく爆《は》ぜる音がして、だんだんと炭が白くなっていった。

「よしよし」

あとはもう、放っておけば火が回ってくれる。

湯呑みを手に、窓際へ移動した。水を肌糸に染《し》み込ませていく手順は、もう慣れたものだ。

理由なんて、自分でもわからない。

妻の死。子供がいないこと。何もできなかったこと。何も残せなかったこと。

「一つじゃないよなあ、そんなの」

アルバムと妻の遺影を持ってきて、畳に胡座《あぐら》をかいた。遺影を裸足《はだし》のくるぶしのあたりで支え持ち、最初は妻の顔をこちらに向けたが、なんだか照れくさかったので、反転させた。しかしそれだと誰かに見せているようでおかしい。やっぱりこちらに向けた。顔を覗き込んだら、汗が一滴、妻の左頬に落ちた。

「人生、いろいろだよ」

壁の時計を見上げると、まだ時間がある。与沢はアルバムの表紙をひらいた。白黒写真はずいぶん色が褪《あ》せてしまっていた。最初の家族の写真では、祖父母も両親も冗談のように硬い顔でカメラを睨《にら》み、一番端っこで、いがぐり頭の与沢がかしこまっている。そのすぐ下には、同じ頃に撮られた妻の家族写真が貼られている。結婚したとき、二人のアルバムを一つにしたのだ。それはべつにロマンチックな発想からではなく、単に二人とも自分のアルバムの写真が少なく、ページがやたらと余っていたからという理由だった。おかっぱ頭の妻は、やっぱり緊張しているのか、唇に力を入れすぎてへの字になっている。

「写真なんてなあ……そうそうしょっちゅう撮ってたわけじゃないけど」

こうして見てみると、けっこうあるものだ。

海岸で笑う、裸足にセーラー服の妻。何をしてきたのか、服から顔から泥だらけになっている中学生の与沢。卒業写真。入学写真。自宅の本棚の前で腕を組み、首を右にかしげて気取ったポーズをとる与沢。罅《ひび》のいった鏡餅《かがみもち》を前に、さあこれから割りますよといった感じで木槌《きづち》を持ち上げている妻。自分たちの上を、歳月はたしかに流れていった。祖父の葬儀。都会に向かう駅での集合写真。見送る親族や友人たち。教員採用試験に受かったとき、二人で撮った記念写真。そして結婚式。

「これ、これ」

アルバムに顔を近づけた拍子に、つるりと汗が目に流れ込んだ。じんじん痛む右目に掌《てのひら》の付け根を押しつけながらも、与沢は微笑《ほほえ》んでいた。両親とともに家の玄関を出る、白無垢《しろむく》姿の妻は、本当に綺麗だった。神前式の控え室。人形みたいに顔を硬くした妻。厚く塗られた化粧が、笑うと崩れてしまうかもしれないといって、ささやかな披露宴のあいだも彼女はずっとすましていた。その隣で終始笑っていた与沢が、実際以上に浮かれているように見えたらしく、あとでみんなにさんざんからかわれた。しかし披露宴のあと、化粧を落とした妻は、大仕事が終わったことにほっとして、与沢よりもずっとよく笑っていたのだ。そうだ、披露宴での伯父のスピーチを、与沢が真似てみせると、彼女は大きく口をあけ、目尻《めじり》に涙を溜めて、身体《からだ》を折るようにして笑っていた。ようやく笑いがおさまってきた頃合いを見計らい、また伯父の話し方を真似てみたら、それに被《かぶ》せるようにしてまた笑った。そして、いつのまにか泣いていた。いったいどうしたのかと、驚いて与沢が腰を浮かせると、嬉しくて泣いているのだと彼女は言った。

壁の時計を見上げると、あの町で祭り囃子《ばやし》がはじまる時刻が近づいていた。

アルバムを閉じ、深呼吸をして受話器を取り上げた。


一番下の葉は、胸のあたりにあった。

立ったままだと月桂樹の枝葉が邪魔をして、海が見えない。しゃがみ込み、目の前に広がる夕焼けの海を眺めながら、昔のように右手を上へ持ち上げて葉を二枚千切り取った。

「たらい、そっちへ動かしてくれんか」

濡《ぬ》れた片手を井戸のポンプに載せ、白髪頭の祖母がこちらを見ていた。横皺《よこじわ》でいっぱいの顔が、赤く染まっている。ポンプの脇には水を張った金だらいがあり、亀《かめ》の子たわしがぷかぷか浮いていた。たらいの隣に、土で汚れた二本の手鎌《てがま》とゴム手袋、長靴が転がっている。

「ここんとこ、お日様にあたりすぎると、夜になって頭が痛くなるんだ。たらい、そっちのその、木の影んとこまで動かしてくれ」

水がなるべくこぼれないよう、土の上をゆっくり引き摺《ず》って、たらいを移動させた。祖母は手鎌とゴム手袋と長靴をぜんぶいっしょに抱えてきて、水の中にばしゃばしゃと落とした。ズボンに飛んできた水滴を、危ういところで足を引いてよけると、祖母は「ほっ」とその動きを面白がった。

「一張羅だもんなあ」

日陰で背を屈《こご》め、祖母は亀の子たわしで手鎌の土を落としはじめる。

「俺、やろうか？」

「上等な服が汚れちまうだろ」

「べつに、いつもの服だよ」

「お祭り、行かないのか」

「行くけど」

「だったら行っといで」

祖母の丸まった背中が、たわしの動きに合わせて動いている。

「母さんは？」

勝手口のほうに目をやって訊いた。

「いまさっき、畑へ行ったよ。晩のお菜《さい》つくってから」

「こんな時間に？」

「昼間おじいさんの病院行って世話焼いてただろ。だから忙しかったんだ」

「そんならわざわざ畑へなんて行かなくていいのに」

「野菜ってのはね、人の足音が好きなんだ。毎日ちゃんと、みんなが行ってやんないと駄目なんだよ」

　という祖母の決まり文句に、母は嫁に来てから頑《かたく》なに従いつづけていた。

「膏薬《こうやく》、貼っときな。痛くなる前に」

　自分のこめかみをとんとんやり、庭を出た。

　坂道にたどり着く前に、ときちゃんと会った。路地の先から、ときちゃんは小さくこちらに笑いかけ、巾着《きんちゃく》を持った手を持ち上げてみせた。紺の地に、白い桔梗《ききょう》が染め抜かれた浴衣だった。綺麗に梳《す》かれた髪が、頭の真ん中で左右に分けてある。

　並んで歩き、坂道を夕焼けのほうへ下った。

　祭り囃子が近づいてきた。

「お祖父《じい》さんの具合、どう？」

　姿勢がいいせいか、家で思い出すときちゃんの面影《おもかげ》は真《ま》っ直《す》ぐなのに、こうして実際に見てみると、すべてが曲線で描かれているから、なんだか気恥ずかしくなる。

「あんまり、よくないって。看護婦さんに助けてもらわないと、身体を起こせないみたい」

「退院まで、長くかかりそう？」

「しないかもしれない。退院」

ときちゃんはゆるく頷《うなず》いただけで、何も言わなかった。

「まあ、歳だからね」

わざと諦《あきら》めたような声を出し、話題を終わらせた。

「お腹《なか》は？」

「平気」

「俺も、まだ」

綿菓子を二つ買い、千切って口に入れながら、祭りの中を歩いた。会話は切れ切れで、すべて中途半端だった。空がだんだんと暗くなり、夜店の裸電球が目立ってきた。

心が浮き立ってくれないのが、祖父の病気のせいなのか、自分が小さな子供でなくなったせいなのか、わからなかった。ほどなくして祭り囃子が大きくなり、人混みが密度を増した。浴衣姿の人々と、互いに体をひねりながらすれ違っていると、行く手に櫓《やぐら》が見えてきた。赤らんだ残照を背景に、半被《はっぴ》を着た男女が太鼓を叩き、甲高く竹笛を吹き鳴らしている。何も言わずに二人でそれを眺め、どちらからともなく背後を振り返り、来た道を戻りはじめた。ぼんぼりを数えたり、見えない海を眺めたりしながら神社のほうまで歩き、なんとなく鳥居をくぐった。

小暗い境内には、子供が何人かで石けりをしているほかは誰もいない。蹴《け》った石が見えないことが面白いらしく、子供たちは新しいルールをつくりながら、賑《にぎ》やかだった。湿った木々のにおいがする。境内の奥まで歩き、賽銭箱《さいせんばこ》の下の、沓《くつ》脱ぎ石《いし》の横側に並んで腰を下ろした。

「昭ちゃん、わたしね、やっぱり都会で採用試験を受けることにした」

今夜、たぶん聞くことになるだろうと思っていた言葉だった。

「そう」

「昭ちゃんは、こっちで受けるの？」

昨夜ようやく決めてきた答えを返した。

「俺も、都会で受けようと思ってる」

そう言った瞬間、軽く触れ合っていたときちゃんの肩が、ぴくんと動いた。それから、こみ上げる何かを堪《こら》えるように、ぐっと硬くなった。しかしときちゃんは何も言わなかった。言うかわりに、木の葉がくれの三日月を見上げ、浴衣《ゆかた》の胸を張って深々と夜の空気を吸った。ときちゃんののどは、月明かりにさらされて白かった。

しばらく、石けりの子供たちの声を黙って聞いていた。

「先生になったら」

やがて彼らが遊びに飽き、祭りのほうへ出ていくと、ときちゃんがまた口をひらいた。

「自分の教え子が、いつか大きくなって、手紙をくれるようなこともあるかしら。お久しぶりです、わたしあのとき何組だった誰々です、なんて」

「あるだろうね」

ざわめきから離れた境内には、波の音が小さく聞こえてくる。

「そうしたら、どんなにか嬉しいでしょうね。自分たちのふとした言葉が、子供に大きな影響を与えて、人生を変えてしまったり。もちろん、それは怖くもあるけれど」

「うん」

自分たちは、かぶと虫になれるだろうか。

やもりの口に水滴を落とした、あのかぶと虫のようになれるだろうか。

「あのね、ときちゃん」

遠くに聞こえていた祭り囃子が——笛の音も太鼓の音も、ほんの少しずつだが輪郭を失《な》くし、曖昧《あいまい》になっていくのがわかった。二度と聞こえないところへ、みんなもうすぐ去っていってしまう。

「もし、誰かの人生を大きく変えたり、誰かを救ってあげたり、そういうことができなかったとして……それで、自分に子供もできなかったとしたら、いつか歳をとったとき、何のための一生だったんだろうって思うかな。誰のための人生だったんだろうって」

知らない人を見るような目を、ときちゃんは向けた。

「べつに、絶対に誰かの役に立たなければいけないわけじゃないわ。もし誰かの人生に大きな影響を与えることができたら、それは嬉しいけど——」

中途半端に言葉を切り、浴衣の膝先《ひざさき》を見つめる。

「そんなの、わからないもの」

そう、わからない。

「ときちゃん、俺ね、また話をつくったんだ」

小さく頷き、ときちゃんはこちらに向き直った。

「聞かして」

「うん。これはね、ずっと前に話した、かぶと虫の話のつづきなんだ。ほら、かぶと虫のおかげで死なずにすんだ、やもりがいただろう？　あのやもりは、あれから勉強をして、なんと医者になってね――」

やもりは名医だったので、みんなに信頼されていた。小高い丘の一角の、清潔な洞《ほら》穴《あな》につくった病院の前には、いつも行列ができていた。虫もいた。動物もいた。カエルがおたまじゃくしを担《かつ》いでくるときもあったし、水鳥が片足だけで跳ねながら行列にまじっていることもあった。

「みんなの力になることができて、やもりはいつも幸せを感じてた。毎日が忙しくて大変だったけど、誰かの役に立てるほど嬉しいことはないからね。ああ自分はこの仕事ができてよかった――そう感じるたび、やもりが思い出すのは、あの一滴のしずくのことだった。杉の木の上からあれを落としてくれたのは、いったい誰だったんだろうって」

かぶと虫は、打ち明けていなかったのだ。

「そんなある日、病院に一匹の蛍がやってきた」

蛍は脚をふらつかせ、やもりの前に進み出ると、腹痛《はらいた》を訴えた。やもりが診察したところ、腹痛の原因はお腹の底にある箱だとわかった。

「箱を取り出してしまえば楽になりますよって、やもりは言ったんだ。でも蛍は、これだけは手放したくないって言い張った。どんなふうに手に入れたかは言えないけれど、いまではもう、この箱は自分の一部になってしまったからって」

さらに診察してみると、なるほど蛍の箱は、取り出してしまうと命に関わるほど、身体と一体化していた。やもりは困り果てた。そうしているうちに診察室の外から、早く診てくれという声がたくさん聞こえてきたものだから、仕方なく痛み止めの薬を処方して、これで様子を見てくださいといって蛍を帰らせた。

「つぎの患者はカナブンで、背中の光沢が最近どうもなくなってきたようなのだけどという相談だった。やもりは特製の釉薬《うわぐすり》を丁寧に塗ってやりながら、さっきの蛍の話をした」

お腹の底に箱が入っているなんて症状は、私も初めてでしたと、やもりは言った。するとカナブンは意地悪な顔で笑い、せいぜい苦しむがいいですよと呟いた。やもりは首をひねり、いったいどういうことなのかと訊ねた。

「カナブンは、かぶと虫と仲がよかった。だから以前に、かぶと虫から打ち明け話を聞いていたんだ。光の箱を蛍に奪われたいきさつも、その後、月を手に入れたくて、大きな杉の木の上から飛び立った話も。たどり着いた滝壺に飛び込んで、死んでしまおうとしたことも」

ひどい話ですよねえ、やもりさん。かぶと虫さんは、いまじゃもうすっかり目が悪くなって、昼も夜も明け方も、飛ぶことができなくなっちまいましたよ。木の洞《うろ》に籠《こ》もりっぱなしで、私らが持ってってやった木の汁をときおりすすりながら、なんとか生きてます。いや、あれじゃ生きてるんだか死んでるんだかわかりませんよ。

「カナブンが悔しげに吐いたそんな文句も、やもりの耳には半分くらいしか聞こえていなかった。ようやくわかったんだ。自分の命を救ってくれたのが誰だったのか。どうしてそんなことが起きたのか」

その日の仕事が終わると、やもりはとっくりと考えた。かぶと虫に、どうにか恩返しがしたい。でも蛍のお腹から箱を取り出してしまうわけにはいかない。そうすると蛍が死んでしまうからだ。かぶと虫に新しい光を持っていってやりたいが、光るものといえば星と太陽と月くらいしか知らない。持ち運びができる光なんて、蛍のお腹で見たものくらいしか憶えがない。やもりは悩みに悩んだ。一睡もせずに悩みつづけた。明け方になると、頭を掻きむしりながら、新鮮な空気でも吸ってこようと外に出た。丘の上に、ちょうど太陽が昇るところだった。あたりが少しずつ明るくなり、だんだんと眩《まぶ》しくなっていき——。

「それを見ているうちに、やもりは思いついたんだ。上手《うま》く事態を解決できる方法を」

ぱちんと指を弾《はじ》くと、やもりは妻と子供たちを呼んだ。寝ぼけ眼で出てきた家族に、やもりは、急いで蛍を連れてくるよう頼んだ。お腹が痛くて動けないようなら、みんなで担いできてくれと。

「妻と子供たちは、のろのろと丘を下っていった。やもりが後ろから〝早く！〟と声を飛ばすと、やっと走り出して、蛍をさがしに草の中へ駆け込んでいった」

やもりの家族が蛍を担いできたのは、意外と早かった。聞くと、すぐ近くの草むらで、お腹を押さえて倒れ込んでいたのだという。

「病院から家にたどり着くことができなかったほど、重症だったんだ。これは急がなきゃいけないと、やもりは手早く蛍に処置の方法を説明した」

お腹の中から光の箱を全部取り出すのではなく、半分ほど取り出す。これなら光は消えないし、腹痛も治まってくれる。そう話すと、蛍は激しくかぶりを振った。光が小さくなってしまうのは厭《いや》だというのだ。

「死んでしまうよりはましでしょう――やもりは言った。蛍はそれでも首を縦に振らなかったけれど、どんどん激しくなっていく痛みに圧《お》されて、最後にはやもりに手術をお願いした」

やもりは早速手術に取りかかった。蛍のお腹をひらき、光の箱を切り分け、慎重に取り出した。

「手術は成功した。やもりの手元には半分の大きさになった箱が眩しい光を放っていて、蛍のお腹の中では、同じ大きさの箱が、やっぱり光っていた。取り出された光の箱を、蛍はまだ恨めしげに見ていたけれど、身体がすっかり楽になっていたものだから、自分にはやはりあれは大きすぎたのだと納得して、帰っていった」

蛍が立ち去ると、やもりは病院の入り口に「本日休診」の札を掛け、すでに並んでいた患者たちに頭を下げてまわり、光の箱の半分を持ったまま、カナブンの家へと走った。事情を説明されたカナブンは、やもりの身体に六本の脚で摑《つか》みかかると、そのまま夢中で羽ばたいて空へ飛び立ち、かぶと虫がいる木の洞を目指した。

「光の箱で前を照らしながら、やもりたちが洞に入ってみると、そこにはあの懐《なつ》かしいかぶと虫がうずくまっていた。お久しぶりですと、やもりは声をかけた。かぶと虫はその声に顔を上げたけれど、光の眩しさに唸《うな》って、すぐに顔を伏せた。半分になってしまいましたが、あなたの光の箱を取り返してきましたと、やもりは説明した。しかしかぶと虫は顔を上げることができなかった」

ありがとう、やもりさん。でもその光は、いまの私には眩しすぎます。たとえ半分でも、眩しくて、見ることができません。別の誰かにあげてください。私はどうせ、もう長くありませんから。

でも、誰かにあげたら、また争いのもとになるかもしれません。

なるほど。それではみんなにあげてください。

みんなに？

半分にすることができたのなら、もっと細かく分けることだってできるでしょう。できるだけたくさんになるように——誰もわざわざ欲しがらないくらい、小さな光に分けて、空からでも撒《ま》いてしまってください。

「それがかぶと虫の望みならばと、やもりは頷いた」

約束どおり、やもりは光の箱を分解し、中の光を細かく切り分けた。半分の半分、その半分、その半分……最後には、少しの風でも飛んでしまうほど細かい粉になった。その粉を、やもりは革袋に詰め、知り合いのインコに託した。インコは袋を爪《つめ》で引っかけて飛び立つと、できるだけ高いところまで羽ばたいていき、もうこれ以上高くは行けないというところで、逆さまにした。光の粉は風に乗って空いっぱいに広がり、やがてゆっくりと木々の上に、草のあいだに、生き物たちのまわりに舞い降りていった。

誰も、その粉に気づくものはいなかった。

「それからまた時間が経《た》った。何年か、何十年か、もしかしたらほんの何日かもわからないけど、時間が経った」

光の粉は雨で地面へと染み込み、植物の根に吸い上げられ、その葉を食べる動物や虫たちの中へと広がっていった。

誰にもわからないほどではあるけれど、世界は少しだけ明るくなった。

「ある夜、かぶと虫は洞の中で目を開けた。何か、予感のようなものがあったんだ。かぶと虫は、長いこと動かさずにいた脚を、ゆっくりと曲げ伸ばしして、洞の出口に向かって進んでいった」

そこに広がっている光景に、かぶと虫は驚いた。

世界が、はっきりと見えていたのだ。

「誰も気づかない程度の光でも、かぶと虫にはちょうどよかったんだ。夜の向こうまで、かぶと虫の目には見えた。光の箱を持っていたときよりも、ずっとよく見えた」

気がつけば、かぶと虫は翅《はね》を広げていた。

いつかあの大きな杉の木から飛び立ったときのように、いちばん前の二本脚を浮かせ、真ん中の二本脚を持ち上げ、最後の二本脚で自分の身体を力強く跳ね上げた。眩しくも暗くもない、美しい世界の上を、かぶと虫は真っ直ぐに飛んでいった。かつて自分が照らしていたものたちに、照らしてもらいながら、どこまでも飛んでいった。

もう、祭り囃子は聞こえない。

何もかもが眠りにつこうとしているように、すべての音が遠く、波の音も聞こえない。

「ありがとう。聞かせてくれて」

ときちゃんの声だけが、はっきりと耳に届いた。

「うん」

頷きながら、視線を下げた。膝に置いた自分の両手が、暗くてよく見えない。

「そんなことが、ほんとに起きたらいいのにね」

言葉の意味が摑めなかったようで、ときちゃんは笑みの浮かんだ目で訊ね返した。だんだんと周囲から押し寄せ、自分を包囲しようとしている暗がりの中で、ときちゃんの顔だけはよく見えた。それが嬉しかった。しかしいずれ、祭り囃子や人々のざわめきや潮騒《しおさい》みたいに、遠ざかって消えてしまう。そしてもう二度と見ることはできない。

「だってこれは、物語だもの。本当の人生には、奇跡なんて起きない」

ずっと離れた場所で、別の誰かが喋《しゃべ》っているように、自分の声も、もう遠い。

やさしく微笑んだまま、ときちゃんは視線を外した。

「そうかもしれないわね」

それでも、人は生きていかなければならない。

死ぬまで、生きていかなければならない。

「昭ちゃん。どうして最後にこの話をしたの?」

子供みたいに、夢を見たかったのだろうか。何もできなかったから。何一つ残せなかったから。

「わからない」

わかっていれば、きっとここにはいない。

隣を見ると、ときちゃんは何かを探すように、夜の中に聴き耳を立てていた。

「もう、誰も呼ばないよ」

笑いながら教えてやった。

「え?」

「放したんだ、ベランダから」

それでもときちゃんは、白いのどをそらして、声を探していた。

「だから、もうずっと、ここにいる」

いつの間にか上体が折れ、膝が目の前に近づいていた。両腕をついて身体を支えたが、手足の感覚はなく、自分の両腕も両膝も、ほとんど見えなくなっていた。これでいい。これでよかった。そう思うと、胸がすっと楽になった。ずっとそこに詰まっていた濡れた砂が、溶けるように消えていくのを感じながら、目を閉じた。どこからか母の声がした――なあに昭ちゃん、死んじゃうの？　祖母も呆《あき》れたように言っている。なんだお前、死ぬんか。これでいいんだよ。こうしたかったんだ。せっかく産んでもらったのに、ごめんなさい。かぶと虫みたいになれなくて残念だけど。

暗がりは、とてもあたたかかった。

四つのエピローグ

なるべく足音をさせないように、圭介はそっと夕焼けの窓辺から離れた。

ちょうど廊下から居間へ入ってきた弥生が、画用紙片手に何か話しかけようとしたので、急いで自分の口許《くちもと》に指を立てた。「？」と眉《まゆ》を上げる弥生に、窓辺に置いた電話の子機を示してみせる。彼女は目だけで笑いながら頷《うなず》いて、静かに二階の仕事部屋へ戻っていった。

台所ではコーヒーメーカーがコーヒーを淹《い》れ終えている。それを二つのマグカップに注ぎ分け、圭介も階段を上がった。

「今日で最後ね」

事務椅子《いす》に腰掛けた弥生は微笑《わら》って目を上げた。マグカップを受け取る手がパレットのように絵の具まみれなのは、個展の開催が近いせいだ。彼女にとって初めての個展で、知名度からして一般客はあまり見込めないが、これでまた一つ夢が叶《かな》うと、ひと月ほど前から夢中で準備に取り組んでいた。

「そう、これで最後」

「残念？」

圭介は立ったまま壁に肩をもたせかけた。

「いや、べつに」

弥生は信じなかったようだ。

「昨日も一昨日《おととい》も、六時半近くになるとそわそわしてたじゃない」

「知ってたの？」

「あれだけ居間を歩き回ってたら、二階にいてもわかるわよ」

「ああ……」

苦笑すると、マグカップの中でコーヒーが揺れた。

「そろそろ教えてくれないの？」

「うん？」

「どうして、あんな頼みを引き受けたのか」

以前この家に住んでいた男性から、突然手紙が送られてくる。祭り囃子《ばやし》を聞かせてほしい――祭り囃子が響いているあいだ、受話器を窓辺に置いてほしい。そんな奇妙な頼み事が書いてある。

「このまえ言ったとおりだよ。遠くの町に祭り囃子を届けるなんて、素敵じゃないか。ロマンチックで幻想的で――」

弥生は笑っていた。嘘《うそ》だとわかっている顔だった。

もっとも、ずっと隠しているつもりでいたわけではない。少し話が長くなりそうだから、彼女の仕事が落ち着いた頃にでも教えてあげようと思っていたのだ。

「いま、聞く時間ある？」

「面白い話なら」

数秒の沈黙が降り、示し合わせたように二人同時にカップを口へ持っていった。じつのところ圭介は、先週から弥生に話したくて仕方がなかったのだ。何故《なぜ》といえば、彼女にも大いに関係のある話なのだから。

「あの手紙を送ってきた人はね――」

＊＊＊

圭介が聞かせてくれた話に弥生は心底驚き、事務椅子の上で思わずぴんと身体《からだ》を立てた。

「――小学校時代の？」

「そう、担任の先生」

手紙を送ってきた、この家の以前の住人は、圭介が四年生のときの担任なのだという。

「僕の人生を変えてくれた人なんだ。与沢先生がいなかったら、僕は物語を書きはじめていなかった」

向こうはまったく知らないだろうけどねと、圭介は寂しそうにマグカップを覗《のぞ》き込んだ。

小学四年生といえば、まだ弥生が出会う前のことだ。

小学校時代、そして中学校時代のある時期まで、圭介がつらい日々を過ごしていたことは知っている。母子家庭のため生活が大変で、それを級友にからかわれていたこと。学校で友達ができず、家に帰っても母親は遅くまで仕事に出ていたので、いつも寂しかったこと。その寂しさに圧《お》されるように、学校のノートを後ろから使って物語を綴《つづ》りはじめたこと。

初めてつくった物語は『リンゴの布ぶくろ』。中学校時代に弥生も読ませてもらい、絵まで描かせてもらったのだから、忘れようもない。二人でつくったその絵本は、いまでは『光の箱』と並んで仕事場の書棚に置かれている。それにしても、その最初の物語を書いたきっかけが――。

「担任の先生だったなんて、知らなかった」

「当時は、言いたくなかったんだ。与沢先生のどんな話に影響を受けたのか、なんとなく打ち明けづらくて。そのうちだんだんと、その最初のきっかけのことを忘れちゃって――気がついたら、もう長いこと思い出してなかった」

国語の授業中、チャイムが鳴る直前に聞いた言葉なのだという。

「この中で、自分で物語をつくったことのある人はいるかいって、与沢先生が僕らに訊《き》いたんだ。三人くらいだったかな、手を挙げたクラスメイトがいた。そしたら先生、その生徒たちにじゃなくて、手を挙げていない生徒たちに向かって、こんなことを言ってさ」

まだ物語をつくったことのない人は、つくってみなさい。何でもいいからつくってみなさい。そうすれば強くなれるから。いつかつらいことがあっても、きっと平気でいられるから。

「物語の世界に逃げ込むっていう意味なのかと思った。先生はそういうことを言ってるんだって。だからそのときは、そんなことできるはずがないって、反対に哀《かな》しくなった。物語が現実を救ってくれるはずなんてないものね」

すると先生は、まるで圭介の思いに答えるように、こうつづけたのだという。

お話の世界に逃げ込むという意味じゃないんだ。物語の中で、いろんなものを見て、優しさとか強さとか、いろんなものを知って、それからまた帰ってくるんだよ。誰かのつくった物語でも、もちろんいい。でも、自分でつくったほうが、知りたいものを知れる。もし知りたいものが何なのか、わからなかったとしても、きっと見つかってくれる。自分でつくる物語は、必ず自分の望む方向へ進んでくれるものだから。

「それを聞いて初めて、やってみようって思った。強くなるのでもいいし、優しくなるのでもいいし――とにかく、変わりたかったんだ。そのときの自分を変えたかった。そうすることで、自分のいる世界を変えてやりたかった」

胸に実際の痛みが走ったように、圭介は目を閉じた。しかし、その目をひらいてこちらを見たときは、もう笑顔になっていた。

「あのころ話したくなかった理由、なんとなくわかる？」

弥生は頷いた。

変わらなければいけない自分がそこにいることを、きっと弥生に知られたくなかったのだろう。もちろん圭介が幸せな毎日を送っていないことは、当時の弥生も気づいていた。出会う前——小学校時代からそうだったことも。自分と同じ目をしていたから。

「ずっと忘れちゃってたよ。どうして自分が物語を書きはじめたのかなんて。だから与沢先生から手紙が来たときは、本当に懐《なつ》かしかったし、忘れていた自分が恥ずかしかった」

そう言ってから、圭介は小さく笑った。

「まさか先生も、自分の教え子に手紙を送ってるとは思わなかっただろうけどね。僕の担任だったのなんてはるか昔のことだし、目立たない生徒だったし、そもそも先生が書いた宛名《あてな》はペンネームだったから」

最初は圭介のほうも、送り主の名前を見て、ただの同姓同名だと思ったらしい。

「でも、電話の声を聞いて、ああ先生だって確信したんだ。それで嬉《うれ》しくなっちゃって、変に笑いながら話したもんだから、きっと与沢先生、不思議だったんじゃないかな」

奇妙な頼みごとを、相手がすんなり引き受けただけでなく、喜んでいる様子だったのだから、たしかに電話の向こうで首をかしげたことだろう。

「どうしてそのとき、先生に教えてあげなかったの？」

訊くと、圭介はマグカップを持ったまま腕を組んだ。

「手紙を送ろうとした理由が、わからなかったから」

あんな手紙を書いてまで、この町の祭り囃子を聞きたがっている理由。それが不明だったので、自分が誰であるかを言えなかったのだという。

「何かよほどの事情がないと、あんな手紙を書いてきたりしないだろ？　だから、僕が先生の知ってる相手だってことを、最初は教えないほうがいいんじゃないかって思ったんだ。余計なことは何も言わないで、ただ頼みを聞こうって考えた。少なくとも、祭りが終わるまでは」

開け放った窓の外からは、小さく祭り囃子が聞こえている。一階の電話越しに、都会の町で、いま与沢先生も同じものを聞いているのだろう。

「今日、話すの？」

それならば、自分も少しだけ話をさせてもらいたい。与沢先生にお礼を言いたい。いまの自分があるのは、与沢先生のおかげだったのだから。

圭介は窓の外に目をやり、祭り囃子が終わってから決めようかな、と呟《つぶや》いた。

空はインク色に翳《かげ》り、海との境目が曖昧《あいまい》になっていた。

＊＊＊

昨日、妹が児童館から持ち帰ってきた葉は、ミントガムのような香りがした。生の月桂樹《げっけいじゅ》の葉をかいだのなんて初めてだった。莉子がそう言うと、真子は得意げに鼻をふくらませ、指でもむと香りが強くなることや、料理に入れるときは乾燥させて使うこと、月桂樹がどれくらいの大きさの木であるかについて、つづけざまに説明した。

いま莉子が台所でミートソースの鍋《なべ》を煮ているのは、そんなやりとりがあったからだ。月桂樹の葉を使った料理が急につくりたくなり、今日学校から帰ってくると、すぐに食材を買いに出た。向かった先は、母がレジ打ちのパートをしているスーパーだった。

夜のシフトの日は夕食を出がけにつくっておいてくれるが、昼から夕方のシフトで入る今日のような日は、莉子が夕食担当となる。料理は得意なほうだし、自分がつくる日は母といっしょに夕食を食べられるので、こうして台所に立っている時間は嫌いではなかった。受験勉強の時間を削って申し訳ないと母は言うけれど、スーパーでレジを打っているのが自分の大学資金のためだということも、ちゃんとわかっている。来年の春から莉子が大学に通いはじめれば、これまでとは比べものにならないほどの学費が必要になるのだ。

もちろん、受かればの話だが。

「予備校代になっちゃまずいもんなあ……」

おたまで鍋をひと掻《か》きし、莉子は溜息《ためいき》まじりに呟いた。呟いてみると、忘れていた不安がふと胸にこみ上げた。アメリカ政府が過去に行った政策のあれこれ、日本語の品詞《ひんし》の活用、意味が不明確な英単語などがつづけざまに頭をよぎり、じっとしていられなくなった。

「よし、こういう時間を有効利用」

台所を出て、真子と共同で使っている部屋に向かった。本棚の前で膝《ひざ》をつき、並んだ赤本《あかほん》や参考書や単語帳の背表紙に目を這《は》わせ、

「英語」

科目を決めた。

小説をたくさん読んできたおかげか、国語はぼちぼち自信があるのだが、英語はまるでセンスがない。せめて単語だけはたくさん暗記しておかなければ。

英単語帳を抜き出し、莉子は部屋を出ようとしたが、そのとき本棚の最下段がふと目に入った。そこは真子が使っている段で、父や母、たまに莉子が買ってやった本、そして自分の小遣いで買ってきた本が並んでいる。妹はしょっちゅう、この本棚の前に座り込み、床に本を広げ、人の出入りの邪魔をしながら読みふけっている。その横顔は真剣そのもので、自分も昔、こんな顔をして本を読んでいたのだろうか、いまもそうなのだろうかと、ときおり脇《わき》から見入ってしまう。

「——遅いな」

そういえば、真子はどうしたのだろう。今日は児童館に行くと言っていたが、もう夕暮れだ。いつもなら帰っている時間なのにと、莉子は机に置いてあるデジタル時計を眺めた。

＊＊＊

インコは見つからなかった。

路地の左右に延びる塀の上や、家々の屋根、自動販売機や電線の上をきょろきょろ見ながら、もうずいぶん歩き回ったのだが、どこにもいない。探すほどに哀しくなり、それと同時にどうしても見つけたいという思いが、真子の胸で高まっていった。

——おいで。

児童公園の脇を通ったときのことだった。まつぼっくりクラブを出て、家に向かって歩いていると、急にそんな声がしたのだ。あれ、と思ってそちらを見てみたが、誰もいない。ずっと遠くのベンチに人が座っているが、その声がここまで届くはずがない。なんだか気味が悪くなり、真子は家に向かって急ごうとしたのだが、

——おいで。

また聞こえた。

男の人の声だった。

真子はいよいよ怖くなって身を固まらせた。しかしそのとき、公園の植え込みから歩道へ突き出した木の枝の中で、何かが動いた。じっとそこを注視し、瞬《まばた》きも我慢して観察していると、小さな鳥の姿が見えた。

——おいで。

声は、そこから聞こえていた。

謎《なぞ》が解けて真子はほっとしたが、つぎの瞬間、どきっとした。

『空とぶ宝物』を思い出したのだ。

姉が最初に読み聞かせてくれてから、何度も自分で読み返した童話。あの話には真子という、自分と同じ名前の女の子が出てくる。何歳なのかは書かれていなかったので、以前姉に訊いてみたら、なんだかとても懐かしそうな顔で、きっと九歳くらいだよと言っていた。九歳の彼女は、ある夕暮れに一人きりで歩いていたところ、不思議な穴を見つけた。そして、そこから聞こえてくる声に誘われて、あの奇妙な冒険をしたのだ。

ばら　ばら　ばら　ばら　ばら

いっしょ　いっしょ　いっしょ　いっしょ

名前も同じ。そして九歳といえば、歳《とし》も同じ。そしていま自分は一人きりで歩いていて、あたりは夕暮れ……ではないけれど、もうすぐ日が暮れる。何もかも似ていた。冒険の予感がした。緊張が全身に広がっていき、漠然と何かに対して身構えながら、真子は枝の中のインコを見上げた。

しかし一瞬後、インコは短い羽音をさせて飛び立った。

そしてどこかへ消えてしまったのだ。

が、いったん真子の胸をいっぱいにした冒険の予感は、なかなか消えてくれなかった。だからこうして、あちこち歩き回りながらインコの姿を捜している。だんだん時間が経《た》ち、どんどん日が傾き、いよいよ本当に夕暮れとなっていた。もういいかげん家に帰らなければと思いつつも、どうしても『空とぶ宝物』の最初のシーンが頭から離れてくれないのだ。自分もあの真子になれるかもしれない。物語と現実の区別くらい、もちろんできてはいるのだが、それでも——もう少しだけ——。

太陽はさらに傾き、周囲の景色は明るい橙《だいだい》色から暗い茜《あかね》色へと変わりつつあった。童話の中で真子があの穴を見つけた時間を、どうやら過ぎてしまったようだ。

そのことに気づくと、なんだか急に馬鹿《ばか》らしくなった。

これ以上遅くなると、お姉ちゃんが心配してしまう。今日はお母さんが仕事の日だ。お姉ちゃんはきっと、自分の帰りを待って台所で夕食をつくっている。それを思った途端、冒険への期待はすっかり消え去った。

鳥影が見えたのは、そのときのことだ。

「あ」

夕闇《ゆうやみ》の中を、沈む太陽のほうへ——真子の家のほうへ飛んでいく。遊んでいるように。空を飛ぶことを楽しんでいるように。あれは、さっきのインコだろうか。こんど見失ったら、もうお終《しま》いだ。真子は駆け出した。顎《あご》を持ち上げて鳥影を見据えながら夢中で走った。しかし相手は速かった。どれだけ一生懸命に走っても、ぐんぐん真子を引き離していく。もう駄目だ。もう見えなくなってしまう。

しかし不思議なことが起きた。

インコが空中で、何かに驚いたように、くるっと身体を反転させたのだ。――そこには何もないのに。

方向転換したインコは、こっちに向かって飛んできた。インコが頭上を通り過ぎるのと同時に、真子は咄嗟《とっさ》に身をひるがえして走り出した。どこへ向かっているのだろう。さっきは何に驚いたのだろう。まるで逃げ帰るように、インコは真《ま》っ直《す》ぐ飛んでいく。真子は路地を駆けた。必死で駆けた。行く手には高台があり、五階建ての古いマンションが、消えかけた夕陽を受けて光っている。インコはそこを目指しているようだ。息を切らし、思い切り両足を動かす真子の視界の中で、マンションがぐんぐん大きくなっていった。インコはどこだ。どこにいった。あそこだ。一階の端のベランダ。鳥籠《とりかご》がある。あの籠から、インコは逃げ出したのだろうか。走る自分の背中を、誰かが押しているような気がした。一つではなく、いくつもの手が。

もっと速く、もっと速くと。

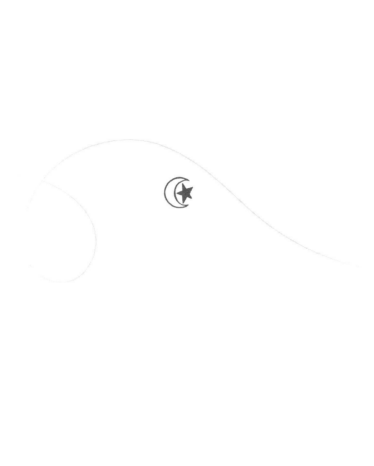

朝一番、若い郵便配達員は坂道にバイクを走らせていた。

行く手に見える古いマンションは、朝日を遮って灰色に沈んでいる。建物全体が大きな一つの影となり、それでも天気はいいので、並んだベランダには洗濯物がたくさん揺れていた。

夏が過ぎ、秋も逝《ゆ》きかけたいま、打ちっ放しのコンクリートに囲まれた玄関ホールは肌寒い。停めてきたバイクのエンジン音を背後に聞きながら、並んだ郵便受けの前に立つ。片手に抱えた郵便物の宛名《あてな》を確認しながら、それぞれの差し入れ口にトントンと放り込んでいったのだが、

「……ん」

最後に残った一つが郵便受けに入ってくれない。

中身は何だろう。硬くて四角くて平べったい。横にすると差し入れ口より幅がある

し、縦にすると半分ほど外へはみ出してしまう。大判の本のようだが、端のほうに綴《と》じ紐《ひも》の感触があった。

そこが、つい二ヶ月ほど前までチラシやダイレクトメールでいっぱいになっていた郵便受けだということに、配達員は気がついた。夏の最中から、誰もそれらを取り出す人がいなくなってしまったらしく、日に日に中身が嵩《かさ》を増し、しまいには差し入れ口から見えるほどにまで増えていたのだ。この部屋の住人は、よくベランダで草木の世話をしていたので、顔は見知っていた。何かあったのだろうか。年齢からして、もしかしたら亡《な》くなってしまったのかもしれない。——などとそのころ考えていたのだが、そんなことはなく、住人はただ入院していただけだった。

この近所にある総合病院も配達区域内なので、毎日郵便物を届けに行く。病院の駐車場の隅、病棟の玄関の近くにはちょっとした休憩スペースがあり、自動販売機が並んだ手前に、ベンチがいくつか置かれている。夏の終わり頃、郵便物を抱えてその前を行きすぎたとき、この部屋の住人が座っているのが見えた。一人ではなかった。やわらかい午後の陽に照らされて、老人は穏やかに笑い、その隣には彼よりもずっと若い男女が座っていた。ベンチの前には女の子が立っていて、その子が一人で喋《しゃべ》るのを、三人が聞いているのだった。若い男もときおり口を挟んでいた。彼はこの部屋の住人に「先生」と呼びかけていたが、老人は俳句でも教えているのだろうか。

——急にね、クルッて引き返したんだよ。

そばを通ったとき、女の子が夢中で喋っているのが聞こえてきた。

——何かにびっくりしたみたいに、ほんとに急に。だからあたし追いかけたの。

あれは何の話だったのだろう。不思議で仕方がないといった様子で女の子は話し、聞いている三人も、とても興味深げだった。

「手渡し……と」

封筒を左手に抱え直し、配達員は一段のステップを飛び越えて一階の廊下へ出た。届け先の105号室は一番手前のドアだ。

呼び鈴を鳴らすと、目覚まし時計のような音が室内に響いた。が、誰も出てこない。もう一度呼び鈴を鳴らしてみても、やはり反応はない。どうしたものかと迷った。こういった場合はたいてい新聞受けに差し込み、それとわかるよう少しだけ郵便物の頭を外へ出しておくのだが、この封筒は少々重みがある。中までストンと落ちていってしまいそうだ。そうなると、そこに郵便物が届いていることに住人が気づかず、あとでトラブルになる可能性がある。

午後の配達で、またこの近くを廻るので、そのときにもう一度寄ってみようか。

「釣りかな」

配達員は玄関ドアを離れた。近ごろよくこの部屋のベランダに乾してある釣り竿《ざお》とタモのことを思い出しながら、停めてあったバイクへと戻る。

老人が釣り糸を垂れている場所は、いつも決まっていた。川沿いの道をバイクで走っていると、見かけることがある。新品同様の竿を、ぴかぴかのクーラーボックスに固定して、老人は折りたたみ式の椅子《いす》に座り、生真面目《きまじめ》な顔で水面の浮きを見つめている。以前、そこを通り過ぎたときにたまたま老人が勢いよく立ち上がり、竿を引っ摑《つか》んで持ち上げたことがある。しかし獲物に逃げられたのか、あるいは浮きが動いたのが風の悪戯《いたずら》だったのか、糸の先には何もいなかった。それでも老人は、魚が釣れなかったことさえ楽しいというように、浮き浮きした横顔を見せながら、針へ餌《えさ》をつけなおしていた。

「……寄ってみるかな」

もしあそこに老人がいたら、ちょっと寄って、この封筒を渡していこうか。どうせ通る道だ。あとでまたこのマンションに来るよりも、そのほうが手っ取り早い。

なんとなく、封筒の送り状を見た。

送り主は「正木圭介・弥生」。品名の「ストーリーズ」というのは何だろう。

「余計なこと、余計なこと」

穿鑿《せんさく》しては申し訳ない。

リアボックスに封筒を戻し、配達員はバイクにまたがった。スコンとギアを入れ替え、さっき上ってきた坂を下りはじめる。坂の途中、ふっとサイドミラーが明るくなったので目をやると、ちょうどマンションのてっぺんから朝日が顔を出すところだった。小さなミラーの中で陽は昇り、それに従って、行く手につづく道も、周囲の家の屋根も壁も、並木の枝々も、みるみる眩《まぶ》しい光で包まれていく。手つかずの、まっさらな一日が、いま生まれようとしているのだった。

解説

谷原章介

もともと読書は好きでしたが雑食で、人から薦められた作品を手に取ったり、気に入った作家さんを追いかけて読んだりしていました。ジャンルとしては時代小説が多いでしょうか。藤沢周平さんや池波正太郎さん、司馬遼太郎さんなどの大御所はもちろん、現在活躍中の佐伯泰英さんや山本一力さんの作品も大好きです。

二〇〇七年から司会を務める「王様のブランチ」（TBS系列／毎週土曜日午前九時半〜）のブック・コーナーをきっかけに、読書の幅が広がったように思います。『ノエル　a story of stories』をはじめ、道尾さんの作品も何度か紹介させていただきました。二〇一四年十二月には同番組で「ミステリー作家サミット」と題して、道尾さんら四人のミステリー作家にご登場いただきました。そのなかで、「小説を書くときのルールは？」という質問に対する道尾さんの回答がとても心に残っています。

「何が求められているか、何がウケるか、何が売れるかっていうのは、すごくわかるんですよ。でもそれと自分のやりたいことが合わなかったときに、そっちに合わせないって僕は決めてるんです」

この言葉を聞いて改めて『ノエル』を捉《とら》えてみると、非常に腑《ふ》に落ちる思いがしました。なぜなら、この作品には道尾さんご自身の思いや信念が、強く刻まれているように感じられるからです。

『ノエル』は「光の箱」「暗がりの子供」「物語の夕暮れ」の三篇と「四つのエピローグ」で構成されています。それぞれ異なるお話ですが、互いに緻密《ちみつ》に繋《つな》がり合った、一つの長い物語でもあります。

最初の「光の箱」の主人公は、童話作家の圭介。執拗《しつよう》ないじめを受けていた中学時代の圭介は、クラスメイトの弥生に誘われて絵本作りを始めます。「リンゴの布ぶくろ」と「光の箱」、弥生と作った二冊の絵本を大切にしながら、高校に進んだ二人の関係はさらに親密なものに発展してゆきます。

僕はどうしても、圭介を道尾さんと重ね合わせて読んでしまいます。主人公が三十代の作家で、さらに道尾さんと同じ「介」の字が入っているからでしょうか（ちなみに、僕の名前にも……）。「リンゴの布ぶくろ」は『ノエル』を書くよりもずっと昔、道尾さんが会社員をしていた頃にふと書いた作品だと伺ったことも、理由のひとつかもしれません。

もちろん、圭介の境遇や経験を、そのまま道尾さんの過去の実体験だと思ったわけではありません。でも、道尾さんも圭介と同じように、物語に救われたり、力をもらったりして、その恩返しのように、いま作家として物語を創《つく》る側に立っているのかな、などと感じるのです。絵本のほうの「光の箱」に、忘れられない一節があります。サンタさんはクリスマスに何を配ってるんです？との問いに、トナカイがこう答える場面です。

「わたしたちが配っているのは、オモチャでもお菓子でも、お金でもありません。（中略）人間にとって本当に必要なものは、本当に大切なものは、いつまでも飽きることのない何か。いつまでもなくならない何か。そして、自分がこの世に一人ぼっちではないということを信じさせてくれる何かなのです。（中略）わたしたちが配っているこのプレゼントには、ちゃんとした名前がありません。名前なんて必要ないからです」

この一節が、僕には道尾さん自身の熱い想《おも》いに感じられたのです。道尾さんもサンタクロースのように、名前のない何かを配りたくて、物語を書いているんじゃないだろうか、と。

幻想的な童話が随所に登場しながらも、ただ優しいだけの世界にはせずに、とびきりの仕掛けを使って「物語の力」を体感させてくれるのが、道尾作品のすごいところです。登場人物の嘘《うそ》、作者の嘘がたくさん潜んでいます（もちろん、ミステリー的には「フェア」な嘘です）。それは、人を傷つけるための嘘じゃない。こんな素敵な嘘があるんだ、とハッとさせられ、心があたたかくなる、そんな嘘なんです。

現実の世界と同じように、『ノエル』の登場人物たちもまた、幸せで、豊かで、優しいだけの世界に住んでいるわけではありません。むしろ、壁にぶち当たって苦しんでいる、悩み深き人たちです。ポジティブな気持ちとネガティブな気持ちを行ったり来たりしながら、その壁を乗り越えてゆく、そんな人生の局面が描かれています。この感情の揺れがもっとも切ないのが、次の「暗がりの子供」の莉子かもしれません。

もうすぐ妹が生まれる小学生の莉子は、新しい家族の誕生に複雑な思いを隠せません。生まれつき左脚が曲がりにくいため肥《ふと》り気味なことを気にしていて、赤ちゃんが生まれたら、きっと自分よりかわいがられるんだろう、なんて想像してしまっています。でももし、赤ちゃんが生まれなかったら——？　莉子は、図書館から借りた「空とぶ宝物」の主人公・真子と会話するようにして自分の物語を紡《つむ》ぐうちに、そんな考えに捉われるようになります。

莉子が夢中で読み進める「空とぶ宝物」は、この物語単体を絵本として出版してほしいと思うほど素晴らしい童話です。とべなくなった王女さまを、まわりの「生きもの」たちは、ある「宝物」によって再びとべるようにしようと試みます。彼らのなかに迷い込んだ真子は宝物の正体が気になってついてゆきます。

この宝物が何かがわかる場面が大好きです。目に見えているもの、そこで実際に起こっていること、それだけが「真実」なのではない。気の持ちよう、と言ってしまうと簡単すぎるかもしれませんが、どんな状況でも、自分の捉え方次第で世界は変わる。あまりに気に入ってしまって、絵本にするならどんなタッチの絵だろうか、どの絵本作家さんに描いてほしいかな、などと想像しながら読みました。

圭介にしても莉子にしても、道尾さんはなぜこんなに「子ども」を巧みに描けるのだろう、と思います。頭はもう大人に近づいていて、でも行動はまだ拙《つたな》さが残る時代、自我はあるのに時に悲しいほど無力である存在……。道尾さんはどんな少年時代を送ったのか、お尋ねしてみたくなるほど、子どもの切なさが表現されているんです。

　子どもを描いた二作から一転、「物語の夕暮れ」は定年退職して妻にも先立たれた元教師の与沢が主人公です。最愛の伴侶《はんりょ》に先立たれ、子もなく、仕事でも何も残せなかったと虚《むな》しさに苛《さいな》まれ、生きる意味を見失っています。こんな人生をこのまま続けていく必要があるのだろうか、と。死んでるように生きるくらいなら、いっそ本当に死んでしまったほうがいいのではないか、と。

　与沢のこの気持ち、僕にも少しわかるような気がします。現在四十二歳、与沢よりはずっと年下ですが、身体の老いや衰えを感じることも増えてきました。親も年老いてきた。今はまだ全力で動いていられますが、この先は……？と想像することもあります。それでもやはり、生きているということを大切にしたい。死んでいるように生きるのではなく、最後まで生をまっとうしたい。与沢もそう思ってくれたら――と願いながら読み進めました。

　この篇のなかにも、ある「物語」が登場します。それは与沢が思いを寄せる「ときちゃん」に語った、かぶと虫と蛍とやもりのお話。僕は、かぶと虫を与沢に、やもりを圭介に重ね合わせて読みました。何の気なしにやったことや発した言葉が、誰かを救うことがある、そして救われたその人もまた、別の誰かを救うかもしれない。そうやって無数に繋がりながら生きているんだよ、と教えてくれているように思います。

最後の「四つのエピローグ」を読み終えたとき、本当に綺麗《きれい》に連環していることに驚きつつ、その緻密さに「やっぱりこれは現実ではなく、架空の物語なんだな」とも思ったんです。でも、だからこそ美しい。そして、この奇跡的な物語が、現実を生きる僕たちに力をくれる。僕が『ノエル』からもらった力を糧《かて》にして自分の仕事に取り組む。そうやって参加した作品が、観《み》てくれた誰かのパワーになるかもしれない。『ノエル』ほど美しい連環ではないかもしれませんが、そうやって現実世界も間違いなく繋がり合っている。そう信じられるような、この物語に出会えて本当によかったと思いました。

なぜ人間は、物語を必要とするのでしょうか。僕も映像や舞台によって「物語」を具体化する仕事をしているので、そんなことをよく考えます。直接的な意味では、生きるために必要なものではありません。食べ物のように、身体の栄養になるわけではない。

でも心には、物語がくれる栄養が必要だと僕は思っています。人はみな、いかんともしがたい現実に縛られながら生きている。そんな生活のなかで、小説でも映画でもドラマでもいい、物語を通して「自分ではない人」に触れることによって、自分が置かれている状況を客観視したり、それを打開する力をもらったりするのではないでしょうか。肉体が生きるためにはいちばん役に立たない、でも精神が生きるためにはいちばん必要な何かが、「物語」のなかにはあると思います。

現実を生きるために、物語の世界へ飛び込んでみる。これからもそれが僕の、そしてきっと道尾さんの、楽しみであり仕事であり続けるのだと思います。

（平成二十六年十二月、俳優）

この作品は二〇一二年九月新潮社より刊行された。

JASRAC 出 1500791-501

ノ エ ル

—a story of stories—

新潮文庫　み－40－5

平成二十七年三月一日発行

著者　道《みち》尾《お》秀《しゅう》介《すけ》

発行者　佐藤隆信

発行所　株式会社新潮社

郵便番号　一六二―八七一一
東京都新宿区矢来町七一
電話　編集部(〇三)三二六六―五四四〇
　　　読者係(〇三)三二六六―五一一一
http://www.shinchosha.co.jp

価格はカバーに表示してあります。

印刷・大日本印刷株式会社　製本・株式会社大進堂

ISBN978-4-10-135555-9 C0193